Narratori Feltrinelli

Federica De Paolis
Da parte di madre

Pubblicato in accordo con MalaTesta Lit. Ag. Milano

Prima edizione ne "I Narratori" marzo 2024

Stampa Grafica Veneta S.p.A. di Trebaseleghe - PD

ISBN 978-88-07-03586-9

FSC
www.fsc.org
MISTO
Carta
da fonti gestite in
maniera responsabile
FSC® C021883

GRAFICA VENETA
CARBON NEUTRAL

Questo libro è stampato da Grafica Veneta S.p.A.
con un processo di stampa e rilegatura certificato 100% carbon neutral
in accordo con PAS 2060 BSI

Per le citazioni:
p. 29: *L'appuntamento*, composta da Roberto Carlos ed Erasmo Carlos [*Sentado à beira do caminho,* RGE, 1969], con testo italiano di Bruno Lauzi, Sony Music, 1970);
p. 64: *Love Me Tender*, di Elvis Presley, Versa Matson e Ken Darby, Hill & Range, 1956;
p. 66: *Bandiera bianca*, testo di Franco Battiato, musica di Franco Battiato e Giusto Pio, EMI Italiana, 1981;
p. 104: Emily Dickinson, *Tutte le poesie*, I Meridiani, a cura e con un saggio di Marisa Bulgheroni, Mondadori Libri S.p.A., Milano 2015;
p. 138: Vincenzo Cardarelli, *Il passato*, in *Opere*, I Meridiani, Mondadori Libri S.p.A., Milano 2015;
p. 156: *Se telefonando*, di Maurizio Costanzo, Ghigo De Chiara, Ennio Morricone, © Kanjian Music, Universal Music Publishing Group, 1966;
p. 209: *Insieme a te non ci sto più*, testo di Vito Pallavicini, musica di Paolo Conte, CGD, 1968.

L'autrice ha scelto di sostenere Fondazione AIRC per la ricerca sul cancro ETS, donando il 5 per cento di quanto ricaverà dalla vendita di questo libro.

Da parte di madre

A noi,
madri e figlie

PARTE PRIMA

Rievocare a occhi aperti: i gesti, il corpo, la biondezza, l'educazione selvaggia. Attraversare gli amori (i suoi amori sghembi: di assenza, desiderio, euforia e negazioni), riverberanti su di me. Dare alla propria madre nome e cognome. Supplire all'assenza delle mani. Annaffiare l'edera che cresce per il resto della vita.

Sei tornata, rigo dopo rigo, fino alla prima casa. Perché la mia prima casa sei tu.

Via Guido Banti 34
1985-1986

Come va il tuo caos vitale? Non riordinarlo troppo...
Tienilo giudiziosamente a mezz'acqua.

CESARE PAVESE E BIANCA GARUFI, *Una bellissima coppia discorde*

Mia madre sedeva sempre accanto al telefono, lo vegliava come una sentinella. La ricordo alle prime luci dell'alba appollaiata sul divano, stretta in un accappatoio bianco mentre succhiava le sue Muratti, avvolta nel fumo e nell'attesa. L'odore di nicotina era la prima cosa che sentivo sgusciando fuori dalla mia camera da letto. Percorrevo il corridoio domandandomi chi avrei trovato di fronte a me: che tipo di donna, di umore? Briosa, propositiva, oppure anchilosata dall'insonnia, con gli occhi annacquati dai pensieri? Sorvegliava la segreteria telefonica: "Segreteria cinese, se non parli sei *scoltese*," recitava la sua voce registrata su un piccolo nastro, nel lontano 1985. All'epoca avevo quattordici anni, vivevamo in un appartamento a nord della città, una mansarda bianca confinante con un altro appartamento che mia madre era riuscita a conquistarsi. Aveva semplicemente sfondato un muro, aprendo un varco su una casa identica alla nostra. Giravano pochi soldi: il risultato, non avendo fatto nessuna ristrutturazione, erano stati due appartamenti uniti da un arco. Avevamo due cucine, due bagni, tre camere da letto e un salone doppio. Le finestre somigliavano a lucernai, affacciavano sul cielo inamidato di Roma e su una lunga strada chiamata Olimpica, sempre intasata: vista dall'alto, sembrava una lingua nera di formiche.

Mia madre attendeva, consumandosi in boccate profonde, la telefonata del suo amore: un fisico. Abitava dall'altra parte della città. Più giovane di lei, l'aveva fatta capitolare nel giro di un mese. Nato sotto il segno dei Gemelli, intelligente, battuta pronta, non particolarmente facoltoso. Mascella squadrata, occhi e capelli di un castano ramato, maratoneta, muscoloso, sagoma etrusca, più basso di lei, aveva le proporzioni di una lattina di Coca-Cola. E un sesso enorme: dettaglio che mia madre aveva deciso di condividere con me come se fossi la sua migliore amica.

Si erano conosciuti su uno di quei barconi addormentati sul Tevere, a una festa: dal cielo piovevano paillettes, garofani e pepite d'oro, all'apice del governo Craxi l'Italia gongolava nel benessere, a ognuno era concessa la possibilità di far carriera, di redimersi, tutto era possibile. Roma era l'oasi della cuccagna. Il Fisico suonava la chitarra assieme al suo amico e sodale Vinicio. Uno alle corde, l'altro ai bonghi, si facevano largo tra la gente inginocchiandosi davanti alle signore, suonando un repertorio che spaziava da *Sapore di sale* a *Lisa dagli occhi blu*. Mia madre era divertita da quei due, ed era stata subito sedotta dal Fisico, con il quale doveva essere finita a letto al secondo appuntamento. Era assolutamente certa di farlo innamorare e di stracciare quel manifesto post-sessantottino che il Fisico le aveva sventolato sotto il naso: non era monogamo, non credeva nella coppia, non voleva cedere al pensiero di un fidanzamento o a una storia a lungo termine.

Un'ex moglie polacca gli aveva lasciato in eredità un figlio e fracassato il cuore a martellate: lo aveva persuaso che l'amore libero era la soluzione migliore, l'antidoto contro ogni malessere. Come dargli torto? Il Fisico aveva quasi quarant'anni, docente all'università, vedeva a intermittenza il suo ragazzo, che si divideva tra Varsavia e Roma, suonava la chitarra e ogni sera andava a letto con una donna diversa. (*Aveva un sesso enorme.*) La mattina si scrollava la nottata dal corpo con una generosa sudata sull'Appia Antica, macinando chilometri con l'andatura lasca dei maratoneti, e la vita filava via in una mediocrità cristallizzata che rappresentava il suo meraviglioso equilibrio. Mia madre sosteneva che non andava contraddetto: il loro era un amore appassionato, gli uomini tendono a minimizzare. Presto avrebbe smesso di ripetere che non era monogamo e con il tempo probabilmente ci saremmo trasferiti tutti insieme in una grande casa dove suo figlio avrebbe fatto incursioni volatili e felici e io avrei avuto una stanza tutta per me. Nel frattempo lei si preparava con grande cura ai loro appuntamenti, che avvenivano nel weekend; io andavo a dormire da un'amica oppure da mio padre. Ogni tanto si vedevano durante la settimana, quando lei organizzava grandi cene servendo nel salone doppio la sua magistrale carbonara oppure polpette al curry e riso basmati. Il Fisico e il suo amico Vinicio suonavano fino a notte fonda, a lei ridevano gli occhi.

Occhi chiari, azzurro cenere, poggiati su un naso affilato, bocca morbida, capelli sottili biondo grano, un metro e settantacinque di armonia: gambe lunghe, ossatura esile, seni sensazionali. Una bellezza apodittica, celebrata dai miei occhi di bambina nell'incredibile somiglianza con la bambola più in voga nella mia generazione: mia madre e Barbie sembravano essere state partorite dallo stesso utero. Condividevano anche la medesima indecifrabilità espressiva – erano spose, ballerine, cavallerizze, principesse: innamorate dell'amore. Inguaribili romantiche.

Fino a un certo punto la sua avvenenza mi aveva incantata, ora che avevo messo piede nell'adolescenza cominciava a rappresentare un ostacolo. I ragazzi che frequentavo, una volta varcata la porta di casa, restavano imbambolati a osservarla muoversi nel nostro appartamento doppio. Ma il fatto di essere bella era per lei una certezza: prima o poi avrebbe conquistato il Fisico, ne era sicura, aiutata dalle sue cene lucculliane, i suoi vestiti di seta, le informazioni che cominciava a collezionare su temi come la meccanica analitica, la fisica dei fluidi, la termodinamica, concetti a me sconosciuti di massimo interesse per il suo nuovo spasimante. Parlavano al telefono: la mattina, soprattutto. A volte il pomeriggio o la sera. Mia madre, in preda all'ansia, aveva incarcerato l'apparecchio con un lucchetto: le chiamate potevo solo riceverle. Poche. Il telefono doveva essere libero di squillare, anche a vuoto. Il Fisico incideva messaggi che mia madre riascoltava all'infinito: testimoniavano il suo interesse, il suo amore per lei. Altre volte il telefono squillava, partiva la segreteria e qualcuno lasciava un fiato per errore, oppure di proposito non riattaccava subito. Anche quei messaggi erano passati al setaccio. In qualche modo riguardavano il Fisico. Poteva essere lui che la chiamava in momenti non sospetti, cedendo a sentimentalismi improvvisi, oppure qualcuno che gravitava nella sua cerchia. Una donna, per esempio. Un'amante? Una ex? Una nuova preda? Ipotesi che al momento non le davano pensiero.

Quando mia madre tornava nel tardo pomeriggio, la prima cosa che mi chiedeva era: "Telefonate?". In principio dicevo: "Nulla", per il semplice motivo che avevo passato la giornata attaccata alla cornetta. Le mie amiche sapevano che avrei potuto sbattere giù il telefono senza salutare, senza una parola: con un orecchio ascoltavo loro, con l'altro monitoravo "il fuori", la rampa di scale che separava l'ascensore dal pianerottolo, i passi di mia madre che si avvicinavano netti, categorici. Poteva innervosirsi se le dicevo che non aveva chiamato nessuno, quindi dopo un po' cominciai a dire che, sì, c'era stata una telefonata muta. Mi sembrava di allentare una tensione continua con quella piccola bugia bianca, e di scongiurare una sgridata: "Sei stata tutto il giorno al telefono, certo che non ha chiamato nessuno!". Mi chiese di prendere nota. Allora, su un'agenda settimanale iniziai a segnare telefonate anonime completamente inventate. *15.09, non ha parlato nessuno. 18.43, fiato. 19.34, hanno attaccato.* La quiete era ristabilita. Il mondo del Fisico era attivo come un magma incandescente che pulsava nell'etere.

In quel momento, dopo anni di tribolazioni sentimentali, tutta l'attenzione di mia madre era concentrata su un uomo che non l'avrebbe mai amata – glielo aveva detto apertamente –, o comunque mai in modo convenzionale: non era disposto a barattare la propria libertà. Per nessun motivo. Eppure lei si mischiava al suo mondo, osservava le altre donne che lo circondavano e sentiva "una sorta di supremazia" e di invincibile sicurezza: cose che provenivano non soltanto dalla sua avvenenza, ma anche dal prodigioso sentimento dal quale si sentiva coinvolta. Il principio di una storia è sempre ammantato di una magia poliedrica, nulla sembra ostacolare la frenesia dei primi tempi e la sensazione di scoperta ingoia la paura. Il Fisico le appariva innocuo (pongo nelle sue mani) e non percepiva "le altre" come un pericolo, non erano alla sua altezza; ma soprattutto, quello che accadeva tra lei e il suo nuovo uomo era esclusivo, unico, assoluto. Specie tra le lenzuola; sulla qual cosa venivo puntualmente aggiornata, fosse anche con una battuta: "Mi riposo un po', stanotte l'abbiamo fatto tre volte". Quelle confidenze mi spingevano a richiudermi nel mio mondo privato. Avrei potuto tranquillamente risponderle: "Davvero? Sai che anche io sono sul punto di fare l'amore? Te ne sei accorta che esco da sei mesi con un gigante di ventidue anni?".

Il mio Gigante era l'opposto del Fisico: alto e silenzioso, faceva il muratore. Staccava alle cinque e veniva a prendermi ricoperto di polvere bianca, fumava etti di polline, ascoltava Pino Daniele, aveva una Renault 4 che era la sua vita e, più di tutto al mondo, voleva fare l'amore con me. Gli sfuggivo come un'anguilla ogni sera alle sette, dopo una sessione eterna di baci e palpeggiamenti. Ma più i giorni passavano, più mi rendevo conto che il tempo stava scadendo: un ragazzo di ventidue anni quanto poteva resistere senza "farlo"? Fare che non mi era chiarissimo, ma che fosse pericoloso, sì. Era quello che allontanava mia madre. Era legato a lei, qualcosa che l'aveva imprigionata, confinata altrove. Lontana da me. Non era la prima volta che succedeva. Perderla dentro casa. Ma c'era stata una pausa tra una sottrazione e l'altra, e questo mi aveva resa vulnerabile.

Avevo avuto due anni prima un incidente grave in motorino: seduta dietro a una mia amica, mi ero fracassata un femore investita da una Ritmo. Due operazioni, due anni di calvario: tiraggio, gesso, punti, riabilitazione, stampelle. In quegli anni mia madre mi era rimasta accanto esattamente come ora faceva con il telefono e la segreteria, mi vegliava, assorbiva il dolore, l'impotenza: attendeva. Non aveva una relazione, l'attenzione su di me era raddoppiata. Mi portava da mangiare su un vassoio d'argento, stuzzicava il mio appetito, mi comprava montagne di riviste, i pescetti di liquirizia di Castroni, mi lavava i capelli, mi accompagnava in bagno sorreggendomi, mi aveva rimesso al centro e mi aveva dato il primo romanzo che aveva fatto breccia nel mio cuore, *Jane Eyre*. Alla fine dell'estate ero tornata in piedi, per quanto il mio equilibrio fosse ancora precario.

Avevo finito le medie nel centro di Roma, dove avevamo abitato fino a due anni prima. Mia madre mi aveva iscritta al liceo classico Lucrezio Caro, lì non conoscevo nessuno. Ero entrata ancora claudicante, con le stampelle, dopo mesi di solitudine. Lei aveva incontrato da poco il Fisico e io sedevo sui banchi della quarta ginnasio, in un liceo cadente, politicizzato, dove mi sentivo un pesce fuor d'acqua. Venivo da una scuola montessoriana, non avevo basi solide: grammatica, matematica, geografia, storia, erano materie di cui non possedevo i fondamenti. La mia preparazione somigliava all'equilibrio del mio corpo.

Per rompere il ghiaccio, la professoressa di lettere ci chiese di scrivere un tema su un libro che ci era piaciuto. Scelsi di parlare di *Jane Eyre* e di Charlotte Brontë, di cui a quel punto sapevo molto, per esempio che aveva pubblicato sotto pseudonimo, fingendosi un uomo, e che sua sorella Emily aveva conosciuto la fortuna con *Cime tempestose*, mentre lei era rimasta nell'ombra. Scrissi sei colonne, ci diedi dentro piena di entusiasmo. Aspettai l'esito di quel tema pensando avrebbe celebrato l'inizio di un percorso luminoso, in quella scuola dove sembravano contare solo il greco e il latino, mi trascinavo sorretta dalle mie stampelle con i manici di plastica grigia. I miei compagni erano austeri, diversissimi dal mondo dal quale provenivo: diligenti, impostati, affettati; gli insegnanti erano freddi come rettili, ci chiamavano per cognome, mantenevano una distanza che pareva inviolabile. Dopo un paio di settimane la professoressa ci riconsegnò i compiti.

Mi aveva messo due: la mia grafia non era comprensibile. Due.

L'indomani arrivai con un discreto ritardo e non mi permisero di entrare alla seconda ora. A distanza di qualche giorno, dopo un nuovo ritardo, mi rispedirono a casa. Avevo la sensazione che quella scuola non volesse accogliermi. Cominciai a saltare un giorno dopo l'altro. Non era necessario informare mia madre delle mie assenze, piuttosto trovare qualcosa da fare in quelle cinque ore mattutine. Spostarmi non era facilissimo. Passavo ore al bar, bevevo cappuccini schiumati con una spolverata di cacao, mangiavo cornetti con una glassa zuccherosa e bianca, stavo intere mattinate sul 2 (i numeri sono casuali?), da un capolinea all'altro. Quando pioveva andavo al bowling dietro la scuola, mangiavo patatine fritte e guardavo i ragazzi giocare. Nel giro di qualche mese presi sei chili. Mi presentavo a scuola due volte alla settimana e ogni volta che un professore mi chiedeva spiegazioni sulle mie assenze parlavo degli indicibili dolori che mi provocava la gamba, strisciavo lungo il muro quando percorrevo il corridoio.

Cercavo di dare nell'occhio.

Eppure passavo inosservata, a casa come a scuola. Mia madre era totalmente assorbita dalla sua nuova relazione con il Fisico, non si accorgeva di nulla, neanche del fatto che ogni tanto le sfilavo dieci, venti, cinquantamila lire dal portafogli, per foraggiare la mia vita solitaria e clandestina. Spesso il pomeriggio dormivo, oppure parlavo al telefono con le vecchie amiche delle medie, o andavo a guardare gli allenamenti di pallavolo nella palestra dietro casa. Prima dell'incidente avevo giocato per due anni, sognavo di diventare una campionessa. Osservare le ragazze correre e saltare fasciate dai calzoncini neri mi provocava un discreto dolore: non avevo mai recriminato interiormente contro il mio incidente, classificandolo come un fatto inevitabile, ma l'essere finita in panchina per il resto dei miei giorni mi sconvolgeva.

Dopo *Jane Eyre* avevo attaccato Moravia, avevo letto *Agostino* per la scuola e non mi era piaciuto, poi era stata la volta di *Racconti romani*, *La noia*, *Io e lui*, *La disubbidienza*. La cosa che mi attraeva di quella prosa era lo sviscerarmento delle ossessioni, il sesso. Da bambina mi ero arrampicata sulla libreria per leggere le pagine proibite dei *Porci con le ali* di Lidia Ravera e Marco Lombardo Radice, a dodici anni era stata la volta di *Paura di volare* dell'americana Erica Jong, chiusa in bagno. Moravia era diverso. All'eccitazione si aggiungeva un pensiero subdolo, nelle sue pagine paradossalmente c'era qualcosa di cervellotico e sottile. Il punto di vista maschile aveva ai miei occhi qualcosa di più fascinoso. Era magnetico. La sua contemplazione del corpo femminile era sconvolgente. Moravia somigliava a mia madre nella concezione dell'amore: ne era ossessionato.

Il sesso per me si divideva in diversi gironi. Quello (de)scritto nei libri. Quello dei giornalini visti da bambina. Quello che mia madre sbandierava. Quello che mi dovevo decidere a fare con il Gigante.

L'avevo conosciuto davanti a un bar, un bar che, nonostante fosse incastonato in un quartiere bene di Roma Nord, aveva una pessima reputazione. L'età media era alta. Picchiatori, fascisti, ladri. Girava moltissimo fumo e parecchia eroina. Avevano tutti un soprannome. Seppia, Fileccia, Vendetta, Storto, Riccio eccetera. Le donne erano satellitari, gravitavano attorno al gruppo senza mai stazionare davanti al bar: venivano ospitate nelle auto, astronavi volanti nelle quali si faceva tutto, in costante movimento. In macchina si fumava, si ascoltava la musica, si facevano le gare ("Casello-casello?", "Corso Francia a centottanta?", "Chi arriva prima in via Veneto?"), si scopava, si scippavano le borse al volo. Soprattutto, ci si spostava in un moto perpetuo che aveva la funzione di riempire un vuoto abissale. I ragazzi del bar non avevano hobby, non leggevano, non andavano al cinema, non studiavano, parlavano a stento: avevano i motori, il fumo e l'eroina. Il loro avvenire era fatto di chilometri e lavori occasionali: barista, muratore, imbianchino. Era tutto finalizzato a uno stipendio che gli permettesse di comprare la benzina, superare caselli. Il Gigante fumava polline in quantità industriali, ma non si faceva di eroina, il suo migliore amico sì. Non mi piacevano le droghe, ero vergine, ingenua, un po' bacchettona. Avevo cominciato a fumare le sigarette, però, già da un anno. D'altronde, mia madre mi aveva cresciuta a petti di pollo, mais e nicotina. Le sfilavo le lire e le Muratti, fumavo chiusa in bagno con la testa rivolta alla luna come un lupo mannaro. Ogni tanto mi compravo le Merit. Fumavo sigarette che avevano un tasso di nicotina non elevatissimo, il tabacco era pressato, la boccata non arrivava in gola come un pugno. Mi piaceva fumare dopo aver mangiato i Mars, i Twix, i Bounty. Adoravo il cioccolato confezionato in quelle bustine cigolanti che compravo dal tabaccaio, sempre più spesso.

Pesavo sessantotto chili, ero alta un metro e settanta, mi nascondevo sotto una chioma foltissima sbiondita dai colpi di sole. Mi aveva portato mia madre a farli, a dodici anni, da un parrucchiere alla moda del centro: si chiamava Filippo. La biondezza doveva avere un significato preciso nella sua testa: biondezza = bellezza. Io non lo ero, bella. Soprattutto da parte di madre la mia famiglia era costellata da donne sensazionali, passate alla storia per la loro prodigiosa fisicità. Mia nonna era la capostipite delle purosangue, poi c'era mia madre, che se la vedeva con mia zia: sua sorella era un magnete. E mia cugina a quindici anni già faceva la modella. Avevano tutte sfilato, erano tutte finite sui giornali, indossavano abiti clamorosi, gioielli luccicanti, sapevano truccarsi. Valorizzarsi. Si piacevano e piacevano a tutti. La loro bellezza era contagiosa, se ne parlava per ore. Dio solo sa quante volte mi sono sentita dire: "Tua madre è più bella di tua zia. Tua zia è più selvaggia. Tua madre più ammaliante. Sono alte uguali? Tua cugina è stupenda, me la fai conoscere?". Anche tra loro parlavano per ore di vestiti. E di quanto stavano bene: con quel colore, con quel mascara, con quel cappello. Le persone venivano filtrate attraverso la loro avvenenza, il mondo era una giungla abitata da corpi mozzafiato: i loro. Indimenticabili, le gambe di mia madre, il suo modo di accavallarle, di tirare su una gonna longuette al ginocchio. Io vivevo in tuta. Una tuta rosa di Fiorucci. Sentivo il corpo appesantirsi giorno dopo giorno, ma non resistevo alla tentazione di mangiare, di ingoiare zuccheri e carboidrati. Non valeva la pena rinunciare, non sarei mai entrata nel campionato delle donne della mia famiglia, nessuno mi avrebbe mai paragonato a loro. Quindi masticavo, ingoiavo, fumavo, trascinavo la gamba, sgusciavo dalle poderose braccia del Gigante, permettendogli di farsi uno spinello, solo uno, per obnubilare il desiderio. Concedendomi a lui avevo paura di diventare come mia madre. Di perdere la testa, di rompere gli argini, di confondermi con l'altro. Ero assolutamente persuasa che, se avessi fatto l'amore con il Gigante, il giorno dopo l'avrei passato a guardare il telefono, ad aspettare un sospiro sulla segreteria telefonica.

*

Prendevo due. Due in latino, in greco, in italiano, matematica, storia. Due, sempre due. Un paio di volte ero entrata in un'aula e mi ero seduta, senza rendermi conto che non era la mia. I miei compagni erano estranei. Un po' perché li vedevo poco, un po' perché non riuscivo a riconoscermi in loro, mi sembravano un'altra generazione, un mondo di alieni. Ogni tanto andavo al liceo artistico in via di Ripetta, mi intrufolavo nelle aule, sedevo a un cavalletto, provavo a ritrarre una modella nuda con i capezzoli dritti per il freddo, davanti a una stufa arroventata che le arrostiva i polpacci. Anche lì passavo inosservata. Disegnare mi piaceva. Piaceva anche a mia madre. Aveva una produzione di maglieria, disegnava golf che faceva realizzare a certe donne in Umbria, "le lavoranti", le chiamava. Alcune si occupavano di confezionare i pullover, altre dei ricami. Cuori di strass, grappoli d'uva fatti all'uncinetto, fiori di perline. Li assemblava una terza persona, Bice. Aveva un laboratorio a Monte Sacro, passava le giornate a cucire con la testa china, piantata su grosse gambe martoriate dalle vene varicose. Ero cresciuta nel suo negozio, aveva una figlia di nome Teresa che mi regalava sempre la pizza bianca.

Io e mia madre facevamo avanti e indietro tra l'Umbria e la sartoria, con il cuore che palpitava. Lei lavorava in nero, non c'erano bolle di accompagnamento, ricevute. Stipava tutto in grandi buste di plastica color petrolio, pressate tra i sedili, sotto le mie gambe, nel portabagagli. Viaggiavamo sulla sua Lada Niva bianca tenendo lo sguardo sulla strada a ogni posto di blocco, ai caselli. Mia madre serrava le mandibole e diceva:

"Non guardare, non guardare". Io mi piantavo gli occhi tra le cosce e pregavo che non ci fermassero, sentivo il suo nervosismo lievitare, la paura colpire la macchina come un fulmine. Eppure quei viaggi, quel movimento perpetuo (come quello dei ragazzi del bar), segnavano un confine esclusivo entro il quale c'eravamo solo io e lei. Era prodiga di racconti della sua infanzia, della sua meravigliosa adolescenza, dei suoi primi amori: una vita che suonava alle mie orecchie immacolata e perfetta. Adoravo stare in macchina con lei e viaggiare con la testa verso un tempo andato che le apparteneva, un tempo che l'aveva vista felice. Le sue storie suonavano come le fiabe nel giradischi, come le avventure di Angelica la Marchesa degli Angeli. Il motore ruggiva mentre attraversavamo il Lazio per arrivare in Umbria, oppure in Toscana, dove vivevano i nonni, a Porto Santo Stefano. I suoi genitori si erano rintanati a invecchiare lì, in un piccolo appartamento in cima al paese, che aveva una vista spalancata tra mare e cielo: una casa avvolta nell'azzurro, una scatola celeste in cui il nonno cucinava e la nonna fumava le sue Capri Ultra Lights, facendole sparire come un prestigiatore in una torre di posacenere color rame.

Mia madre amava suo padre, da cui aveva ereditato i grandi occhi chiari, una vena polemica, l'amore per i libri. Aveva invece un rapporto conflittuale con la nonna. Tra di loro parlavano poco, erano una famiglia avvolta nel taciuto, anche nel castigo, quando mia madre era giovane. Tutte cose che a me erano risparmiate, non credo in seguito a un'autoanalisi ma piuttosto per via di un riflesso, un muscolo involontario che aveva reagito a quella educazione rigida. Coinvolgermi nella sua vita sentimentale, trattarmi come un'amica, doveva essere un movimento inconsapevole, una spinta autentica a dare libertà. Se lei era cresciuta in gabbia, con una madre che la controllava e la osservava, ma le teneva nascosta la sua vita coniugale dietro una porta, a me sarebbe toccato un destino diverso: quello di una figlia che veniva lasciata libera di agire, al punto di non essere messa a fuoco.

Probabilmente mia madre si fidava, tanto che discuteva con la domestica per gli ammanchi di denaro nel portafogli, e credeva ciecamente nelle chiamate anonime annotate da me su quell'agenda che leggeva come si trattasse di un elettrocardiogramma. Era capace di commentare che c'era una coerenza in quelle telefonate, se notavo bene: anche il lunedì precedente erano arrivate nel primo pomeriggio, mentre il venerdì intorno alle sei. Me n'ero accorta? Non era strano? Non provavo alcun senso di colpa a mentirle, a rubarle i soldi, a farle credere che andassi diligentemente a scuola. Sentivo che mi stavo difendendo come potevo e avevo, accucciato in fondo al cuore, un sentimento ostile verso la sua tendenza ad amare ciecamente. Ero io a pagare il prezzo delle sue storie d'amore, delle sue inclinazioni romantiche, della sua dipendenza dagli uomini. Non sopportavo di vederla circumnavigare il telefono senza sosta, incupirsi per giorni se il Fisico spariva nel weekend, come non tolleravo le improvvise virate di allegria dopo una notte felice a casa sua. Avevo anche la sensazione che lavorasse meno. Il secondo appartamento (quello che ci eravamo conquistate aprendo un varco nel muro) in teoria serviva a ricevere le clienti: su ogni ripiano della libreria tubolare del salotto erano impilati i pullover, l'angora veniva conservata in frigorifero per arginare la perdita di pelo, invece il mohair, i fili di seta, l'alpaca, le paillettes, le spalline, i bottoni, nell'armadio in corridoio. Eppure di clienti ne vedevo poche e i viaggi in Umbria mi sembravano diradati. La sua presenza diurna si era ispessita e i posacenere traboccavano, lei intanto si aggirava per le stanze in accappatoio, sempre con le orecchie tese. Un solo squillo bastava a farla volare da una stanza all'altra come una civetta. Se telefonava una mia amica era capace di rispondere: "Ora sta studiando, non può parlare...". Io la osservavo impassibile, avvolta nel silenzio.

Il silenzio è stato la mia casa per anni, come la solitudine, quella nella quale sono cresciuta da bambina, in una stanza disseminata di bambole (i cloni di mia madre) che parlavano nella mia testa mentre io, muta, ascoltavo. Nello stesso silenzio galleggiavo le mattine in cui non andavo a scuola, dondolandomi per ore su un autobus con la lingua incollata al palato e gli occhi che scrutavano fuori dal finestrino. Anche quello mi piaceva del Gigante, il silenzio. Ore passate senza dirsi nulla, a baciarsi con il riscaldamento della macchina che pompava, e intanto Roma gelava sotto una nevicata improvvisa. Era il 1986.

Avevo deciso di fare l'amore, avevo programmato il giorno. Non dipendeva dal desiderio: il mio scarso, quello del Gigante, furioso. Dipendeva dal Fisico: aveva tradito mia madre e si era fatto beccare. Idiota, pensavo, lei intanto piangeva e aspettava i fiati della sua amante incisi sulla segreteria, invece il Fisico aveva semplicemente alzato le spalle e con gli occhi di un angelo le aveva ricordato che lui, be', lui l'aveva detto che non era monogamo. Mia madre mi trascinava la sera sotto casa sua, a vegliare sulle luci accese nel salotto, a controllare che la macchina fosse come sempre parcheggiata a spina di pesce davanti al numero 16 di via Latina. Avanti e indietro più volte anche in una stessa sera. La Lada Niva filava sulla tangenziale, i fari che strisciavano sul selciato, l'attesa snervante di non ritrovarli al loro posto: lui, la macchina. Smascherare una bugia senza potersi vendicare, incassare il tradimento, ingoiare il dolore. L'aveva detto che non era monogamo, che non voleva essere controllato, che la sua libertà non si barattava con nulla. Neanche con l'amore.

Quale amore? avrei voluto chiederle. Sembrava che, nel lessico di mia madre, "amore" fosse sinonimo di "sofferenza". Le sue storie erano costellate da rifiuti, mio padre l'aveva lasciata, i suoi primi flirt anche, era stata tradita più di una volta. Nessuno le aveva insegnato che l'amore può essere un'isola felice, un luogo di appartenenza, una resa all'altro (seppur temporanea)? Eppure veniva da una famiglia infelice forse, ma unita. Ma questi pensieri non abitavano ancora la mia mente, ero troppo piccola, vivevo un tempo nel quale le sue azioni si scrivevano sulla mia pagina zero. Sentivo solo rabbia nei suoi confronti, giuravo a me stessa che non mi sarei mai trovata in una situazione come quella mentre lei infilava una serie di svolte perentorie, seguiva una mappa precisa segnata dal suo cuore che non tradiva mai, e si abbandonava alle confidenze pensando che fossi dalla sua parte. Rimuginava a voce alta. Il Fisico l'aveva tradita per un motivo semplicissimo. Perché l'amava. Era un uomo segnato, violato, che quando si avvicinava al fuoco ritraeva la mano, fuggiva. E come? Scopandosi un'altra. Altrimenti, perché avrebbe dovuto comportarsi così?

"Forse perché gli piace," avrei voluto suggerire. Ma non dicevo nulla, ascoltavo impassibile la sua "interpretazione del maschio", assorbivo quel comportamento passivo con un senso di profuso malessere. Mia madre mi deludeva, oltre a farmi soffrire. Il suo dolore si riverberava su di me. Lasciavo dondolare la testa, lei guidava istericamente su e giù. La radio in sottofondo, Ornella Vanoni piagnucolava con la sua voce da sirena:

Luci, macchine, vetrine, strade tutto quanto
Si confonde nella mente
La mia ombra si è stancata di seguirmi
Il giorno muore lentamente
Non mi resta che tornare a casa mia
Alla mia triste vita
Questa vita che volevo dare a te
L'hai sbriciolata tra le dita
Amore perdono, ma non resisto
Adesso per sempre non esisto
Non esisto, non esisto.

Chissà perché pretendevo da mia madre un'autonomia affettiva, la capacità di farsi rispettare, di ottenere uguaglianza e un briciolo d'amore. In fondo tutte le donne della sua generazione, a quei tempi, erano in ginocchio.

*

Avevo trovato un consultorio sulla Cassia, ci ero andata con l'autobus. Non avevo idea di cosa sarebbe accaduto, se mi avrebbero fatto una visita ginecologica, se avremmo parlato. Io volevo la pillola, ero disposta a tutto per averla. Mia madre aveva abortito. Una, due, tre volte... Da ragazza la prima; durante una relazione sbagliata la seconda; quando mio padre l'aveva lasciata, la terza. Tutte le donne della mia famiglia avevano abortito. Non perché non volessero i figli, ma perché i padri si dileguavano. Dunque, era un rischio da non correre.

Non avevo informato il Gigante dei miei piani, non avevo detto a nessuno che volevo mettere le zampe nel sesso. Era una cosa solo mia: vedevo mia madre disperdersi e volevo "allontanarmi" dalla sua ossessione gettandomi a capofitto, con tutto il corpo, nel mio amore. Senza rendermene conto, mi stavo uniformando al modello materno, eppure mi sentivo una rivoluzionaria mentre entravo nel consultorio di via San Godenzo, con lo zainetto sulle spalle e le Merit in tasca.

"Quanti anni hai?"

"Quindici."

"Perché sei qui?"

"Vorrei avere rapporti sessuali."

"Tieni, questa la prendi per ventun giorni. Inizi quando ti vengono le mestruazioni. Chiaro?"

"Chiarissimo."

Si chiamava Trigynon, era una pillola trifasica, custodita in un blister tondo. Cambiava colore: bianco, giallo crema, bordeaux. Bellissima. Era il passaporto per la libertà. Mi avrebbe protetta da un rischio che non volevo correre. Avevo letto con una certa velocità gli effetti indesiderati e le pause da osservare tra un ciclo e l'altro mentre ingollavo la prima compressa, piena di euforia. Avevo aspettato quindici giorni come diceva il bugiardino (perché si chiamava bugiardino?), gongolando al pensiero, anche se ero ancora vergine, che da quel momento in poi non sarei potuta rimanere incinta. Ero immune dai bambini. Me ne stavo sul 2 mattinate intere con le nuvole che ovattavano l'autobus, e li vedevo incollati alle madri, i figli piccoli, con sguardi innamorati, imploranti. Io non li avrei mai avuti, i bambini. Avrei preso il Trigynon per il resto dei miei giorni. Avevo anche cercato la stessa confezione nell'armadietto di mia madre. Niente. C'era da sospettare che si sarebbe fatta mettere volentieri incinta dal Fisico. Aveva quarantadue anni.

Le ci era voluto un mese per ricucire, dopo il primo tradimento. Ma le cose si erano messe male per lei. Aveva dovuto incassare, digerire le corna come se fossero un omogeneizzato Plasmon alla mela, ingoiare tutto alla velocità della luce. Se si fosse lamentata troppo avrebbe finito per perderlo. Con il risultato che la sua mania di controllo era lievitata. Riascoltava i fiati sulla segreteria decine di volte, partiva all'alba per sincerarsi che il Fisico avesse dormito a casa, usciva di nascosto con il suo amico (Vinicio, quello che suonava i bonghi) per cercare di estorcergli segreti sulla doppia vita del Fisico, con il rischio di essere scoperta, con il rischio di finirci a letto. Viveva in apnea, in attesa di un cenno. Certe volte lo seguiva, si piazzava fuori dall'università, lo osservava salire in macchina, accendere i fari, tornare a casa. Un sabato mi chiese anche se per caso non volessi andare a cena sotto casa sua con il Gigante.

"Sotto casa del Fisico?"

"Sì..."

La sera in cui sarei dovuta andare inspiegabilmente a mangiare in quella strada orribile, ci fu un cambio di programma.

Mia madre sarebbe andata da lui, sarebbe tornata la domenica. Io dalla mia amica. Invece andai al cinema con il Gigante, le chiavi in tasca, le Merit, la pillola. Davano *Il colore dei soldi*. Paul Newman teneva la stecca da biliardo obliqua, i suoi occhi splendevano sul panno verde e Tom Cruise lo osservava con la concentrazione di un monaco buddhista. Il Gigante mi infilò la lingua nell'orecchio. Fuori dal cinema c'era un diluvio torrenziale che ci costrinse nella Renault 4. Si era messo a girare il suo spinello, le gocce di pioggia bombardavano il parabrezza.

"Andiamo a casa."

"Che casa?"

"La mia. Mia madre non c'è."

Era una dichiarazione in piena regola. Equivaleva a dire: "Voglio fare l'amore con te, non preoccuparti, prendo la pillola".

Ricordo la macchina che correva sull'asfalto bagnato, via Veneto intasata mentre il Gigante guidava sorridendo, i clacson come dissonanze, il mio cuore che accelerava e la paura che mi faceva stringere i denti, i molari contro i molari.

Non so come arrivai sulle lenzuola corallo del letto di mia madre: ricordo però la consistenza di quel tessuto, pelle d'uovo si chiamava. Sento ancora addosso la sua stanza silenziosa rischiarata dal riverbero delle luci della strada, rivedo le spazzole allineate sulla toilette di specchio, la sagoma della lampada a forma di nuvola, sento le mie gambe che si aprono e il Gigante che mi entra dentro come una freccia.

Zac. *Les jeux sont faits.*

Poi c'è il sangue nel bidet e la luna a piombo.

*

L'indomani mi venne la febbre. Trentasette e otto. Rimasi a letto. Il mio. In quel periodo leggevo Salinger, John Fante, Charles Bukowski: di questi scrittori, Bukowski era l'unico che parlava di sesso. Rivedevo i gesti della prima notte, ero rimasta appollaiata nell'immobilismo, avevo preso la faccenda come un rito di passaggio, un battesimo. Non mi aspettavo che mi sarebbe piaciuto. Emulavo mia madre passando la giornata a riposare? No, era la febbre che mi indeboliva. Mi ero vergognata del mio corpo perché ero grassa, ma sapevo che il Gigante non mi vedeva così, tutt'altro. Quando mia madre tornò la sera era allegra, di buon umore. Mi sorprese sotto le coperte: "Hai la febbre?".

Bastava qualche linea perché lei prendesse a occuparsi di me con quei suoi rituali assolati. I pasti a letto, le riviste, le pezze umide sulla fronte. Il giorno dopo (avevo ancora trentasette e quattro), ecco dunque la pizza bianca, calda, salata. Giornalini: "Cioè". Un disco nuovo: il singolo *The Power of Love* dei Frankie Goes to Hollywood. Prosciutto e mozzarella. "Come ti senti?" Era infinitamente meglio rimanere a casa che girovagare per la città senza meta. Il terzo giorno mia madre si avvicinò, mi baciò una guancia, annusò. "Senti, dimmi una cosa... Sei andata a letto con il Gigante?"

La domanda mi colse alla sprovvista. Non me l'aspettavo. Non risposi, lo fece lei per me. "Per questo hai la febbre," mi disse. "Hai fatto l'amore." Poi mi carezzò i capelli con le sue mani magiche e mi strinse con quella sua tenerezza che emanava un bagliore. Avevamo un segreto. Lei sapeva, dunque non ero invisibile. Certi segnali era in grado di leggerli. Mi insegnò che dopo il sesso poteva venire una leggera alterazione. Che l'amore era un malanno.

*

La mattina avevo cominciato ad andare in un posto che si chiamava Ritz, un centro solare non lontano da casa. La luce alogena rendeva tutti bellissimi, i volti bluette con occhi fluorescenti e i lineamenti più lievi. Lo gestiva una bionda che portava sempre nei capelli un mollettone con un fiore azzurro (ma forse era bianco), aveva le unghie laccate e indossava body e pantaloni a vita alta. Body di lurex, oppure floreali. Lì dentro faceva un caldo tropicale e la musica suonava in filodiffusione. Mi spogliavo e mi infilavo il tanga di carta, non mettevo la crema, solo gli occhialini neri per proteggere gli occhi. Poi mi sdraiavo in una bara di plexiglas e la bionda mi augurava "buon viaggio". Sentivo caldo sopra e sotto, finivo in un mondo evanescente per uscirne più bella. Pesavo troppo. L'abbronzatura sintetica mi assottigliava. Avevo seni enormi, pesavo settanta chili.

Pagava mia madre, suo malgrado. Eppure non si accorgeva della mia carnagione caraibica, perché era concentratissima nel cercare di tenere saldamente le briglie del suo umore. Con il Fisico doveva procedere come se nulla fosse: sembrava giocassero a un, due, tre, stella! Di tanto in tanto lei si voltava, e se lo beccava doveva solo girarsi nuovamente e contare, così che lui potesse avanzare esattamente come nel gioco. Non erano ammessi pianti né recriminazioni.

Per qualche tempo tutto filò liscio, il Fisico non dava segnali di burrasca, chiamava ogni sera alle otto, si vedevano durante il weekend. La presenza del Gigante rassicurava mia madre: era più tranquilla a sapermi tra le lenzuola del suo letto che in discoteca o in giro di notte per Roma. Dunque, i weekend amorosi appartenevano a entrambe: lei filava via, io aprivo la porta di casa. Il Gigante dormiva quasi sempre con me, il sabato. "Imparavo" a fare l'amore, seguivo i suoi gesti, non ascoltavo i respiri, non avevo la benché minima idea di cosa fosse un orgasmo. Invece mia madre ne aveva moltissimi, e ne parlava spesso: vaginali, intensi, sconvolgenti. Solo con il Fisico? Non mi era chiaro, come non mi era chiaro il senso del tempo: le mie giornate si somigliavano tutte, mentre i mesi passavano scanditi esclusivamente dal succedersi delle stagioni. Lampade, Merit, 2 (autobus), pillole, libri, sesso, telenovelas brasiliane.

Era arrivata la primavera, e quando il glicine in fondo al viale fiorì, la scuola improvvisamente chiamò mia madre. Avvenne un giorno in cui per miracolo ero in classe: la porta si aprì, il bidello confabulò con la professoressa e lei mi annunciò che mia madre era in presidenza. Santo cielo. La trovai seduta di fronte alla scrivania della preside, una donnina piccola come una faina, affilata come un rasoio. Chiese spiegazione per quell'immensità di assenze. Mia madre non batté ciglio, posandomi una mano sulla spalla disse che purtroppo la riabilitazione fisica andava per le lunghe e si scusava perché avrebbe dovuto avvertire la scuola. Ma sperava che avrei recuperato presto.

"La ragazza ormai rischia l'anno," commentò la Faina.

"Meglio l'anno che la salute," ribatté mia madre, imperturbabile.

Uscimmo dalla presidenza, prima io, poi lei. La precedevo giù per la scalinata di marmo, e alla seconda rampa, ormai lontane dagli occhi di tutti, mi diede una spinta. Una spinta sulla schiena che mi fece capitombolare in avanti. Quando mi voltai, era sparita.

*

Registrata sulla segreteria trovammo una risata. Una risata di donna. Mia madre la ascoltava e riascoltava senza soluzione di continuità. Avanti e indietro: "Ah ah ah". Riavvolgeva il nastro con i grandi occhi chiari squarciati dall'apocalisse.

"Cosa pensi?"

"Mamma... Niente, non penso niente."

"A cosa ti fa pensare questa risata?"

"A nulla."

"È la risata di una donna che ha vinto..."

"Vinto cosa?"
"Il suo cuore."
Immaginavo una donna nel bosco di Biancaneve con lo scrigno tra le mani e il cuore del Fisico che ci batteva dentro, ancora vivo. La donna camminava lenta tra gli alberi.
"Si chiama Giada," disse mia madre.
"Come lo sai?"
"L'ho incontrata. Una sera a una cena. Ho visto come lo guardava."
"Ah..."
"È brutta, una donna ordinaria, di cattivo gusto. Ma ha due vantaggi."
"Quali?"
"È brutta ed è giovane."
"Anche tu sei giovane."
"Alla mia età le donne dovrebbero avere meno anni degli uomini... Il Fisico è più piccolo di me. Giada è pericolosa. Molto pericolosa."
"Capisco..."
"Davvero?"
No, ovviamente, non capivo e non mi interessava. Esibivo il livello minimo di empatia che mi avrebbe permesso di defilarmi nella mia stanza. Però quella risata nella segreteria mi aveva colpita, cominciava a farmi pensare che mia madre non farneticasse del tutto: le chiamate anonime arrivavano davvero, non erano casuali colpi nel vuoto, seguivano in effetti uno schema preciso. Attorno al Fisico c'era un nugolo di donne che si manifestava via cavo. La risata aveva sancito la parziale sanità mentale di mia madre: qualcuno, presumibilmente una donna, la torturava con le sue telefonate. Di contro, lei continuava a comportarsi come un lepidottero intorno a un fascio luminoso. Ci sbatteva contro. Quanto alla giovinezza, era ancora bellissima, eppure era vero che qualche volta il Fisico aveva fatto riferimento a un tempo

andato: "Eh eh, se avessi conosciuto tua madre dieci anni fa," insinuava, lasciandomi indifferente. E poi si era preso una sua foto, un ritratto in bianco e nero di quando aveva ventotto anni: in primo piano, guardava dritta nell'obiettivo, i capelli al vento e quell'espressione indecifrabile tra sospensione e stupore, i cerchi d'oro alle orecchie che brillavano in controluce. Il Fisico l'aveva piazzata a casa sua, su un tavolino nel salone: mia madre da una parte ne era felice, perché quell'immagine testimoniava la sua presenza nella vita di lui (anche se c'era da supporre che, se un'altra donna l'avesse vista, il Fisico avrebbe tranquillamente detto che si trattava di un grande amore del passato), dall'altra sosteneva di sentirsi una specie di trofeo, e la cosa non le piaceva. Ma non si lamentava, non diceva nulla, come d'altronde aveva fatto con la scuola. Alla convocazione della preside non era seguito alcun appunto, punizione o discorso. "Non vai a scuola, amore. Perché? Parliamone", oppure: "Maledetta, perché cazzo non vai a scuola, che è l'unica cosa che dovresti fare?". Niente, a parte la spinta sulle scale.

Forse, se da un lato il mio disagio era lampante, aprire una conversazione su quell'argomento avrebbe significato assumersene il carico. E lei non voleva. Voleva far finta che tutto andasse bene, continuando a galleggiare in quello iato di inconsapevolezza che le permetteva di pensare solo al Fisico. O forse confidava nel tempo. Prima o poi sarei tornata a scuola, avrei smesso di ingozzarmi, avrei trovato un fidanzato più consono. Più vicino alla mia età, uno studente, un figlio di papà. A ogni modo il suo silenzio era funzionale, neanche io avevo voglia di scoperchiare il vaso di Pandora, stavo bene nel mio vuoto pneumatico, ero così brava a dondolare nel nulla. Lo avevo imparato da mia madre.

Il Gigante mi aveva insegnato a guidare la sua Renault 4, vagavamo per ore in città, e tutto quel tempo in macchina cominciava a entusiasmarmi: io ero concentratissima sulla guida, lui si rilassava guardando fuori dal finestrino. Certe volte andavamo a dormire nella casa di una sua zia vicino a Sutri. Partivamo all'alba per evitare controlli della polizia, mi mettevo al volante e assecondavo le curve della Cassia Bis con furia psichedelica, il sole sorgeva su di noi e io ingranavo le marce: seconda, terza, quarta. Provavo un'ebbrezza incontenibile. Il Gigante doveva sentirsi orgoglioso dei suoi insegnamenti, tanto che un giorno, quando davanti al bar di quartiere uno dei ragazzi arrivò con una Ferrari gialla, scommise ventimila lire che sarei stata in grado di guidarla. Non so da dove fosse uscita fuori: tutti i ragazzi del bar stavano intorno al bolide, Storto intanto faceva rombare il motore. Qualcuno insinuò che non era possibile, non sarei nemmeno riuscita a ingranare la prima, il motore mi sarebbe scivolato via da sotto il culo. Cominciarono a discutere. Una conversazione eterna. Poi Storto mise in moto e noi lo seguimmo sulle nostre macchine, mentre lui zigzagava nel traffico facendo ululare la Ferrari. Finimmo in un grande spazio sulla Flaminia, un piazzale che confinava con gli studi della Rai, e Storto mi fece segno di accomodarmi: "Dai, vediamo che sai fare".

Il Gigante mi parlò piano. "Stai attenta alla frizione, potrebbe sfuggirti. Non pensare all'acceleratore, pensa solo alla frizione, è lei che devi domare... Capito?"

"Non voglio."

"Perché?"

"Ho paura di non farcela."

"Ma scherzi? Sei la mia donna, certo che ce la fai..."

La mia donna.

Non volevo farlo, volevo essere trasparente, una medusa. Invece ero davanti alla Ferrari con una ventina di ragazzi intorno che scommettevano su di me, con l'aggravante che non volevo deludere il Gigante, il mio più fervente sostenitore.

"Dai, cazzo, tira fuori le palle..." mi disse, prima di chiudere lo sportello.

Con i piedi non arrivavo neanche a toccare i pedali. Spinsi il sedile in avanti e non sistemai lo specchietto: la scommessa era circoscritta, dovevo solo riuscire a ingranare la prima e fare qualche metro. La macchina era già accesa, mi aspettava. Premetti soltanto la frizione, era velluto, eppure una volta raggiunta la massima estensione tornava indietro come una molla; era molto diversa dal vecchio pedale consumato della Renault 4 sul quale mi ero fatta le ossa. Sentivo gli occhi dei ragazzi fissi su di me, vedevo le mani che tiravano fuori i soldi per le scommesse. Volevo sparire. Misi tutta la concentrazione sul pedale sinistro, appena toccai l'acceleratore la Ferrari emise un guaito, la frizione ora era tesa, la macchina mi schizzò da sotto il culo come Storto aveva previsto, ma per qualche misteriosa ragione riuscii a riprenderla. Mi parve per un attimo di allinearmi alla Renault 4, come fosse un animale, una tigre da domare, e mi avventurai per lo spiazzo, due, tre, quattro giri mentre vedevo parte dei ragazzi esultare in mezzo alla polvere che avevo alzato. Mi veniva da piangere. Vincere non era facile. Essere scrollati dall'abulia, scommettere su se stessi. Ritrovarsi, fosse anche nella frizione di una Ferrari.

*

Bocciata. Avevo aspettato la tarda mattinata per andare a vedere i quadri. Era una condanna scritta, ma non volevo condividerla con altri. Qualcuno dei miei compagni c'era, ma nessuno disse nulla. Nell'arco dell'anno la distanza tra noi era diventata incolmabile, io ero la pecora nera, loro le stelle nascenti del liceo classico Lucrezio Caro. Non li avrei mai più rivisti, era un sollievo. Niente più Pietrosanti con le ascelle che piangevano, Girolamo con la mano sempre alzata, Garbani con i suoi collettini di pizzo che uscivano dai maglioni. Le nostre strade si dividevano lì. Lo dissi a mia madre con le mani in tasca.

"Mi hanno bocciata."

"Sei triste?"

"Triste?"

"Io sì. Vorrei avere dieci anni di meno."

Mi abbracciò. Quello sì che faceva male. La sua tenerezza. Non mi chiese cosa volevo fare, mi iscrisse per la seconda volta nella stessa scuola: in questo consisteva la punizione. Tornare in aula segnata dal mio inciampo, ora con la gamba completamente sana, ma indietro di un anno. In quel plesso enorme dove non esistevano i vinti, solo ragazzi tutti uguali con lo zaino in spalla e il Rocci tra le mani, alfa, beta, gamma, giubbotti Henri Lloyd azzurri e il sogno della giurisprudenza: volevano tutti fare l'avvocato.

L'estate facemmo avanti e indietro dalla casa dei nonni. Mia madre era disperata. Il Fisico era partito per l'America per un progetto di ricerca, poi in vacanza con il figlio.

Era nervosa, fumava, passava le ore ad arrotolare una ciocca di capelli. Anch'io stavo male. Il Gigante era lontano, a piede libero sulla sua Renault 4; poteva uscire, drogarsi. Cosa sarebbe stato di lui lontano da me? Cominciavo a suonare le stesse note di mia madre, la gelosia, l'insicurezza. Pensare all'altro come a un traditore sempre pronto, in agguato, appena giri l'angolo. Gli uomini non erano forse tutti così? Avessi potuto, l'avrei tradito per anticiparlo, ma ero costretta nella casa di Porto Santo Stefano tra i romanzi di Buzzati e i numeri dell'"Espresso" e di "Panorama", la spiaggia della Giannella e le telline che il nonno cucinava in un litro d'olio e spaghettini Barilla. Mia madre diceva alla nonna che mi avevano bocciata per via della gamba: agli occhi dei suoi genitori ero una santa.

A fine luglio mi lasciò lì, disse che andava qualche giorno in montagna con sua sorella. Chiamava la sera.

"Amore, come stai?"

"Bene, mamma, tu?"

"Bene, qui è bellissimo. Lì?"

"Qui è sempre uguale."

Mio nonno guidava una A112, litigava con i condòmini per il parcheggio e mi riempiva di focaccine bianche incrostate di sale grosso: si leccava la punta delle dita dopo avermele date. Insisteva per fare con me delle versioni di latino, per allenarmi all'anno in arrivo. Aveva un debole per l'ablativo, la spremuta d'arancia e due bassotti neri, Gessica e Gettuglio, che si trascinavano dietro a lui, per poi saltare sui divani foderati di bianco che mia nonna sfarinava di cenere; era infelice, annoiata, sempre imbronciata.

"*Ammmoo cmm sttt?*" esordì mia madre una sera al telefono.

"Mamma, non ho capito. Ma perché parli così?"

"*Perrchhé ma ppoum ti dieco.*"

"Eh?"

"*Niemmmte.*"

Ero tornata a Roma in treno, lei sarebbe arrivata la sera. Ero contenta, il Gigante era in città. Era venuto a prendermi alla stazione, gli ero saltata al collo, mi aveva lasciato guidare, avevamo fatto l'amore sotto casa, alla luce del sole, una volta varcata la sbarra che separava la mia isola condominiale dal resto del mondo. Non avevamo molto da dirci a parole, in compenso i nostri corpi urlavano l'assenza, la mancanza, l'appartenenza. Poi il Gigante aveva fumato dicendo che era felice che l'estate fosse finita; ma era solo la prima settimana di agosto.

Mia madre arrivò la sera, la porta si schiuse e lei apparve. Aveva la testa completamente fasciata e un grande paio di occhiali neri. Rimasi in fondo al corridoio a osservarla. Si tolse i Persol, i suoi occhi di mercurio spuntavano da due ematomi profondi. Chi cazzo l'aveva ridotta così, il Fisico? Non poteva essere, non era da lui, e poi era in America. Per un attimo pensai che fosse stato il Selvaggio, che il passato lo avesse risputato in città. Proprio lui, *il Selvaggio*.

Avanzò e mi prese le mani, l'espressione non era crucciata. Anzi.

"Che hai fatto?"

"*Ummm lifting.*"

Era silicone? Oppure le avevano aspirato del grasso dalle cosce, dai glutei, chissà... Magari glielo avevano sparato negli zigomi, mentre un bisturi argento aveva inciso la pelle sotto il collo, intorno alle mandibole. Al posto del mento, ora, c'era un ovale che spingeva il volto in avanti, non certo restituendole la giovinezza ma anzi dandole una gravità d'espressione inamovibile. Era gonfissima, con lunghe cicatrici chirurgiche e sottili ai lati del viso che mi chiese di tamponare con iodio e Cicatrene alle prime ore del mattino. Parlava poco perché la bocca le tirava, ma la vedevo sorridere e splendere davanti allo specchio, si osservava "guarire" giorno dopo giorno. Si cospargeva la pelle di una crema solare densissima e bianca, poi infilava un cappello a falda larga, gli occhiali scuri, e andavamo in giro per la città deserta aspettando che i giorni passassero e il Fisico tornasse.

Si era tagliata la faccia in due per lui.

Lo attendeva immaginando di sgominare Giada e molti altri fantasmi, pensava di aver cancellato gli ultimi dieci anni con quel colpo di bisturi. Le era cambiata l'espressione, non la riconoscevo, eppure era felice del fatto che i suoi connotati non le appartenessero più. L'operazione doveva averla placata, Roma era un'oasi di caldo piena di parcheggi liberi. Andavamo a camminare a Villa Ada, ci addentravamo nel bosco, dove l'umido somigliava al fresco; la sera alzavamo il capo davanti al grande schermo del cinema sull'isola Tiberina, mangiavamo gelati alla nocciola e doppia panna. Chiamavo i nonni per dire che andava tutto bene. Mia madre era diversa, ma il suo odore era rimasto intatto, quel miscuglio alchemico di shampoo, nicotina e vitamina E. Ci tenevamo per mano.

Lei aspettava il suo amore, io di tornare all'inferno.

*

A ottobre ebbi un blocco intestinale. Ero stitica da anni, ma non mi era mai successo di non andare al bagno per nove giorni consecutivi. Finimmo in un ospedale sulla Trionfale, un medico mi palpò l'addome e disse che non potevamo andare avanti così: o mi sbloccavo o sarebbero dovuti intervenire. Come? Non mi era chiaro. Non facevo attenzione all'alimentazione e non avevo rituali magici da osservare quando andavo al bagno: niente caffè, sigarette, riviste. Nulla, non ci andavo e basta. Non ci pensavo. Trattenere, serrare, era la mia specialità. Le feci, come i pensieri, potevano tranquillamente restare arginate dentro di me. I miei sentimenti erano custoditi nel mio corpo. Aprire la porta era impossibile. Mia madre mi nutrì per una settimana con prugne, spinaci e minestroni, e poi alla fine avvenne il miracolo. Tornammo dal medico, che mi prescrisse delle analisi e un clisma opaco. Un che? Un clisma opaco, un tubo nell'ano che sparava bario e aria nell'intestino: mi legarono a un tavolo basculante e mi misero a testa in giù, in modo che il bario scendesse nelle viscere.

Con la testa che sfiorava il pavimento e un tubo nel culo che pompava aria e quella strana miscela di gesso, per la prima volta pensai che il medico aveva ragione: qualcosa doveva cambiare. L'esame non diede esiti negativi, il mio colon era contorto ma sano. Il problema era la psiche.

Per questo venni spedita dalla mia prima analista, perché non andavo in bagno. Il suo studio era dall'altra parte della città, raggiungerlo era un'impresa. Eppure mi piaceva, dava una smossa ai miei giorni monocordi. Ero tornata a scuola con la promessa di frequentare e la mantenni. Niente più 2 (autobus), niente più bowling, niente più lampade, sedevo al mio banco accanto a nuovi compagni identici a quelli dell'anno precedente, con l'aggravante che avevano un anno di meno. Erano pulcini implumi con la mano sempre alzata. Occupavo lo spazio che mi spettava foderata nel silenzio, lasciavo i compiti in bianco, non mi alzavo quando mi chiamavano alla lavagna, fumavo in bagno con la porta aperta. Ero come Gandhi, o Pannella, opponevo una resistenza passiva, coriacea e inviolabile. In quel momento della mia vita l'unico obiettivo di rilievo mi pareva liberarmi della stitichezza, anche se farlo con le parole aveva tutta l'aria di una missione improbabile.

La mia analista si chiamava Bianca Garufi. Aveva più o meno sessantacinque anni, le unghie e i capelli rossi, i polpacci come cerini e l'eleganza di un levriero afghano. Mi riceveva in un grandissimo salone bianco che affacciava sull'isola Tiberina, il Giardino degli Aranci, il Tevere che assecondava la città con le sue curve (diverse da quelle del mio colon). Spesso lo costeggiavo a piedi con le cuffie del walkman sulle orecchie. Arrivavo dalla dottoressa Garufi in perfetto orario, mi aveva spiegato da subito che non erano ammessi ritardi, che il suo compito era ascoltare e il mio parlare.

"Di cosa?"

"Di lei."

Nessuno mi aveva mai dato del lei. Sedeva accanto a un abat-jour la cui luce lasciava vedere solo metà del volto. Se avessi seguito solo le linee delle sue gambe avrei potuto immaginare di avere a che fare con una giovane Veronica Lake, invece la metà di viso illuminata ricordava la faccia masticata di Annie Ernaux: il suo corpo e il suo viso avevano età diverse. Mi disse che dovevo tenere un diario dei miei sogni, copiarli con la carta carbone. Li avremmo letti assieme, ma lei voleva avere la sua copia. Per controllare la grafia?

"No, voglio vedere come organizza la pagina."

A quel punto la cosa aveva cominciato a farmi paura.

Non era materna o affettata, ma algida. Eppure alle volte inclinava leggermente il capo – non eravamo sedute una di fronte all'altra, stavamo su un divano a elle –, e in quel gesto minuscolo leggevo una partecipazione, un assenso.

Le raccontai che mio padre aveva lasciato mia madre per un'altra donna.

"Quando?"

"Quando avevo sette anni."

E che era nato un altro bambino, mio fratello.

"Quando?"

"Quando avevo nove anni."

"E com'è suo fratello?"

"Biondo."

"Anche lei è bionda..."

"Sì, ma lui è veramente biondo, io no."

"Capisco."

Capiva? Non ne ho idea. Le interessava la parte notturna più di quella diurna. Era attentissima ai sogni e io ero prolifica, li trascrivevo con cura maniacale in un quaderno con la copertina di seta verde arabescata. Parlavamo tantissimo di mia madre, sembrava che la paziente fosse lei, non io. Sono certa che delle volte si spinse "oltre", con frasi che non appartenevano a un setting analitico ortodosso (questo lo avrei scoperto dopo, allora non conoscevo le leggi della psicoanalisi).

"Sua madre mistifica i suoi veri sentimenti."

"In che senso?"

"Non esprime ciò che prova davvero..."

"..."

"Lei, invece, non riesce neanche a mistificare: lei trattiene, ingloba, ingoia."

Si riferiva chiaramente al cibo e al tempo stesso al fatto che non andavo al bagno. Mi aveva spiegato che le feci rappresentavano le scorie, i rimasugli: la rabbia, l'aggressività. Durante la prima seduta non era stato facile verbalizzare i fatti. Mi veniva da dire "Sono qui perché non faccio la cacca", non mi pareva elegante, eppure non riuscivo a esprimermi in modo diverso. Non era la prima volta che non riuscivo a trovare un sinonimo. Mi sembrava che l'unico modo fosse tacere l'intera faccenda.

Una parola può cambiare tutto.

"Le è già successo che una parola modificasse un racconto?"

Avevo circa nove anni ed ero su una spiaggia in un posto di villeggiatura, in Puglia: Putignano. Un padre di tre bambini – in un'età compresa fra i tre e i sette anni – mi si era avvicinato sul bagnasciuga. Ricordo che aveva lunghi baffi da tricheco, i ricci bagnati, ed era corpulento. Mi aveva invitato a giocare con i suoi figli, lo aveva chiesto anche a mia madre: "Le dispiace se fa un castello con noi?". Non so come eravamo scivolati in acqua, so solo che a un certo punto il Tricheco aveva detto che dovevo tenere forte la sua mano, restare aggrappata. Fino a quando non mi ero resa conto che i suoi palmi erano sul filo dell'acqua e la sua espressione strana, il suo sorriso benevolo era sparito sotto i baffi bagnati, gli occhi socchiusi. Avevo lasciato la presa e urlato, un urlo fortissimo; nel giro di poco avevo sentito mia madre afferrarmi. Mi aveva riportata a riva e stretta nell'asciugamano. Si guardava intorno, cercando di calmarmi, mi diceva di respirare. "Apri la bocca, guarda me..."

Ma non riuscivo, prendere aria non era possibile. Mi sentivo ancora quella seppia tra le dita, in un lampo la dinamica dei fatti era venuta a galla come le mani del Tricheco.

"Perché hai urlato?" mi aveva chiesto mia madre quando ero riuscita a deglutire. L'unica cosa che mi veniva da dire era: "Mi ha messo il cazzo in mano". Era lo stesso di "Sono qui perché non riesco a fare la cacca": ma non avrei mai potuto dire una cosa così volgare, così violenta.

"E cosa successe?" mi domandò la Garufi.

"Lo disse mia madre dopo un po'. Trovò lei le parole per dirlo. 'Ti ha fatto toccare le sue parti intime', o una roba del genere."

“E poi cosa accadde?”

“Il Selvaggio si mosse velocissimo. Eravamo ancora sulla spiaggia, anche se era passato parecchio tempo. Si alzò per andare a cercare l’uomo, a quel punto avevo ancora più paura perché se l’avesse trovato, ero certa che lo avrebbe ucciso.”

“Il Selvaggio?” La Garufi inclinò il capo. “Chi è il Selvaggio?”

Non ero certo pronta per rispondere.

*

Il Fisico si era accorto del lifting? Chissà. Il Gigante un giorno commentò: “Tua madre ha qualcosa di diverso, vero?”.

Un’alzata di spalle lo mise a tacere. La mia affezione per lui non andava scemando, ero legatissima al mio ragazzo con le mani di calce, ma gli argomenti erano deboli, i pomeriggi tra giri in auto e sesso si andavano spegnendo, soprattutto da quando frequentavo lo studio della Garufi. Certe volte provavo a raccontargli di me, ma il Gigante non mi ascoltava. Accoglieva tutto, era come sprofondare in un materasso – in parte era quello che succedeva anche in terapia –, solo che la Garufi aveva le orecchie tese, gli occhi accesi, e ogni tanto faceva cadere una parola dall’alto che piombava sui miei racconti e mi destabilizzava. Mi aveva chiesto di leggere un racconto di Ennio Flaiano, dopo che le avevo riferito un sogno. Avevo scoperto che era nato lo stesso giorno di mia madre. La Garufi lo sapeva o era stato un caso? Flaiano mi era piaciuto, cercavo di parlarne con il Gigante che mi ignorava. Avevo deciso di scriverci su un tema. A casa, avevo diviso il foglio protocollo a metà e avevo scritto con una grafia divenuta accuratissima, leggermente piegata a sinistra. E poi l’avevo portato alla prof di lettere.

“Cos’è questo?”

“Un tema su Ennio Flaiano.”

"Ma io non ho assegnato nessun tema su Flaiano..."
"Be', io l'ho scritto lo stesso."

A scuola i temi erano l'unica cosa che facevo, la professoressa di lettere mi esortava a studiare anche le altre materie, ma a un certo punto si era arresa. Il mio immobilismo le dava ai nervi. Nessuno dei professori parlava con me; aspettavano i colloqui con mia madre, la quale per tutta risposta non si presentava. Dopo il lifting c'era stata un'altra novità.

Non so chi l'avesse introdotta in quel mondo, ma da un giorno all'altro cominciò a fare i fotoromanzi. La qual cosa era strana, mia madre non era più una ragazza, eppure la sua bellezza le aveva aperto le magiche porte dei rotocalchi. Il settore della maglieria era in ginocchio, marchi come Benetton, Stefanel, Balloon avevano conquistato quella porzione di mondo; golf bellissimi, colorati e a buon prezzo arrivavano negli armadi degli italiani, nessuno era più disposto a spendere per i suoi pullover. Invece i fotoromanzi andavano a ruba. Mia madre si alzava prestissimo la mattina e spariva per intere giornate, tornava sempre con il cuore in gola e la prima cosa che mi chiedeva era: "Telefonate?".

Avevo cambiato strategia, ora cancellavo qualsivoglia fiato, messaggio anonimo, scricchiolio inciso sulla segreteria. Se qualche tempo prima li inventavo, ora li distruggevo. Non aveva senso che si angosciasse per quel mondo misterioso di fantasmi che si agitava dall'altra parte della cornetta.

"Sei stata tutto il giorno al telefono, vero?"
"No."
"Sì, invece."
"Ti dico di no..."

Mi dava le spalle e si chiudeva in bagno per struccarsi. Tornava a casa con gli occhi spennellati da ombretti fumé, le ciglia lunghe come petali di margherita. Quando doveva uscire con il Fisico era felicissima del trucco da *femme fatale* che le facevano sul set dei fotoromanzi. Scivolava nella vasca da bagno attenta a non bagnarsi il viso. Si vestiva di seta, partiva alla volta di via Latina, in quella zona di Roma così lontana da noi. Ogni tanto con il Gigante andavamo a mangiare in una trattoria da quelle parti, sull'Appia Antica, un'osteria con le tovaglie a quadretti e i fiaschi impagliati, amatriciana, carne alla brace, il caminetto che bruciava. Quella sera il Fisico era seduto proprio lì, accanto al fuoco. Con una donna di spalle. Mi vide subito, rimase fermo, come sospeso, poi piantò i palmi sul tavolo e si fece forza, si alzò sorridendomi. Mi trascinai verso di lui con il Gigante che mi seguiva pregustando l'aria che sapeva di rosmarino. Io cercavo un'espressione liquida: non volevo tradire il mio spaesamento, piuttosto mantenere quel suo stesso controllo asettico, che si faceva sempre più lampante man mano che la distanza si accorciava.

"Come stai?" mi limitai a dire.

"Da povero vecchio." Lo ripeteva con l'insistenza di un disco rotto. "Conosci Giada?"

Era seduta di fronte a lui, con le mani piccole accanto alle posate, gli occhi vicini, il mento imponente come un tamburo. Era più giovane di mia madre, era vero, ed era anche ordinaria, imbambolata dentro con il suo caschetto marron glacé tenuto fermo da un cerchietto di raso bombato. Sapeva chi ero? La sera che si erano viste e mia madre aveva cominciato a temerla avevano giocato a carte scoperte? Giada sapeva che il Fisico aveva una storia? Le stava bene? Aveva sottoscritto il suo contratto? ("Non sono monogamo, la firma qui in fondo a destra, leggibile, grazie.") Era felice, risolta, consapevole?

In effetti non sembrava turbata dalla mia presenza, niente affatto: "Gnè gnè gnè". La sua voce gutturalizzava parole incomprensibili mentre io cercavo di scollarle gli occhi di dosso e di apparire neutra. Lui era rimasto in piedi, e infilando le mani nelle tasche aggiunse disinvolto: "Qui la carbonara è fantastica".

La carbonara era il cavallo di battaglia di mia madre. Quella del Fisico era una battuta, un lapsus, una pugnalata?

"Buona cena," chiusi, categorica, poi mi allontanai nella sala, attenta a sedermi distante e a dargli le spalle. Il tempo si dilatò all'inverosimile, il Gigante masticava con le sue mandibole da trattore e io non riuscivo a ingoiare un boccone. La presenza del Fisico e di Giada aveva il potere di annientare tutto: i muri dell'osteria erano crollati, avevo la sensazione di essere seduta sui sampietrini dell'Appia Antica, con il vento che ululava sul mio pasto infernale e il Gigante che ormai aveva il piatto luccicante. Quando finalmente ci alzammo erano già andati via.

"Vuoi guidare?"

"No."

Il Gigante non se l'aspettava. Girò il suo spinello prima di partire, poi filò sul Lungotevere mentre la luna teneva la sinistra.

"Fammi fare un tiro," gli chiesi.

"Davvero?"

"Davvero."

L'ascensore sembrava più stretto quella sera, non so se a causa del tiro di canna oppure dell'incontro. Era come se mi si chiudesse addosso. Mia madre era a casa, accanto al telefono con la Muratti piantata tra le labbra e le luci dell'Olimpica che le scivolavano sul viso.

"Dove sei stata?"

"A mangiare una pizza." Volevo confondere le acque, eppure puzzavo di carne alla brace come una fiorentina.

"Guarda..."

Mi allungò una rivista, si chiamava "Grand Hotel". La aprì a caso e apparve proprio lei, seduta su una sedia a rotelle, vestita di scuro, in primo piano. Dietro, un uomo e una donna confabulavano. Lui era uno del cast di *Beautiful*, la ragazza – mi spiegò – un'attrice giovanissima di nome Vittoria Belvedere.

"Ma interpreti una paralitica?"

"Il Fisico non lo deve sapere."

"Cosa? Che fai i fotoromanzi o che ti fanno fare la paralitica?"

"Nessuna delle due..."

Sorrideva. Quella sera aveva il sorriso di una bambina. Sembrava così felice.

"Perché non vai a letto? È tardissimo," le dissi.

"E se chiamasse?"

"Non chiamerà."

Le presi la mano e lei si lasciò scivolare verso di me, ciondolammo in corridoio fino alle rispettive stanze. Le baciai le guance e poi m'infilai in camera mia.

Avevo un segreto con il Fisico, c'era poco da girarci intorno.

*

Una tipa del quartiere mi presentò un suo amico, candido e immacolato: si aggiudicò l'appellativo di Ragazzodoro. Camicia a righine, giacca color cachi, laureando in Giurisprudenza. Non particolarmente avvenente, educatissimo, profumato. I maschi mi passavano davanti senza nemmeno entrare nel mio raggio, un'aura invisibile mi avvolgeva, ero la ragazza del Gigante. Nessuno si avvicinava e nessuno sembrava all'altezza. Vivevo un rapporto imprescindibile, e una parte di me sapeva che il giorno in cui la nostra storia fosse arrivata al capolinea qualcuno si sarebbe fatto male. Era meglio fare un passo indietro, piuttosto che uno in avanti. Quando avevo raccontato al Gigante che c'era un uomo appostato in uno scassone beige vicino a scuola e che si tirava fuori l'uccello ogni volta che passavo, aveva dato in escandescenze. Negli anni novanta i maniaci sbucavano dagli angoli, sbavavano nei cinema, spuntavano fuori dai cespugli, con i loro uccelli fluorescenti e gli occhi spiritati, bastava dirgli "Buh!" e si liquefacevano come mammole. Dopo quello che era accaduto a Putignano non mi facevano più paura, ma nonostante la mia sicurezza, il Gigante a quel povero Cristo doveva avergliele suonate di santa ragione. La violenza, la sopraffazione mi spaventavano più di ogni altra cosa al mondo: invece il Ragazzodoro scatenava la mia ilarità, sparava una battuta dietro l'altra ma io mi trattenevo, abbassavo gli occhi e tiravo dritta verso casa. Non ero attratta fisicamente, piuttosto dai suoi modi, da quell'educazione maschile tutta premure: mi accendeva la sigaretta (con un Dupont d'oro) appena la prendevo dal pacchetto, mi versava la Coca-Cola, mi cedeva il passo davanti alle porte. Le sognavo spessissimo, le porte. Sognavo di abitare in una casa mia, poi aprivo una porta e mi trovavo in una porzione di appartamento sconosciuta: un terrazzo, un salotto, un'altra camera da letto. Quei nuovi pezzi di casa erano bellissimi, ero felice ma poi subito preoccupata di non saperli gestire.

"E a cosa la fa pensare questo sogno?" La Garufi indossava décolleté senza calze, anche in pieno inverno.

"Non lo so. Di certo vivo in una casa doppia, con due cucine, due saloni..."

"La casa siamo noi..."

"In che senso?"

"La casa rappresenta la nostra interiorità. C'è una parte di lei ancora da scoprire, una parte rispetto alla quale non si sente all'altezza..."

"..."

"A cosa sta pensando?"

"A niente..."

"Lei si mette in una posizione svalutativa a priori."

"Non è vero."

"Perché a scuola è così passiva?"

"A scuola non mi vogliono..."

"Forse lei pensa di non meritarla, la scuola."

"..."

"Come sua madre pensa di non meritare l'amore di un uomo."

"Mia madre..."

"Sua madre?"

Mia madre aveva scoperto che il Fisico aveva una vera e propria storia con Giada, e non certo perché io le avessi confessato di averli incontrati, tantomeno lui, né per la risata registrata nella nostra segreteria telefonica. Glielo aveva raccontato Vinicio, quello dei bonghi, l'amico del Fisico. Era uscita di nuovo con lui, una sera: sembrava vestita da sposa, tutta in bianco, con una gonna di chiffon, decisa a fargli vuotare il sacco. A qualunque costo. L'avevo vista nervosa, mentre si preparava con cura certosina: le ascelle depilate sul lavandino, la crema sulle gambe, il bracciale doppia maglia oro. Le scarpe basse, per lei troppo alta per quel mondo di ominidi. Lo sapevo che non usciva con il Fisico: era sparito da una settimana, decimando le telefonate, aveva detto che quel weekend avrebbe partecipato a un congresso. Mia madre era elettrica. Non avevo il coraggio di chiederle dove andasse. Era uscita di fretta, infilando le chiavi e il rossetto in una pochette dorata. "Faccio tardi," aveva annunciato.

Io ero uscita con il Gigante, eravamo finiti su un cavalcavia a guardare i tir passare, un vento svelto scomponeva le nuvole.

"Ti piacerebbe guidare un camion?"

"Da morire."

"Anche a me."

Quando ero tornata a casa lei non c'era. Mi ero messa sul letto con ancora addosso il piumino ad aspettarla. Mi ero svegliata all'alba, tutta sudata. Avevo percorso la casa a ritroso. La porta dell'ingresso era aperta, le cucine vuote, mia madre era sdraiata per terra vicino al telefono. Piangeva. Tremava.

"Che è successo?"

Biascicava. *Giada, il Fisico, Vinicio, come faccio, capisci.*

Farla alzare non era facile, continuava a muoversi, a parlare, si levava le mie mani di dosso come se la stessi costringendo in un angolo.

Giada, il Fisico, Vinicio, lui sta con Giada, con Giada...

"Andiamo a dormire, adesso, mamma. Domani ci pensiamo."

"Non voglio."

"Dai, cammina, laviamoci la faccia..."

Trascinava le gambe di piombo, barcollava in corridoio.

Giada, il Fisico, Vinicio, stanno proprio insieme.

L'acqua del lavandino che scorreva e i nostri volti riflessi nello specchio, come i giorni in cui stavamo inchiodate lì davanti a controllare le cicatrici. Piangeva dal cuore, piangeva con tutto il corpo, piangeva, piangeva.

"Andiamo in camera."

Si era fatta sfilare la camicetta, il reggiseno bianco incrociato, una costellazione di nei sulle spalle. Le spazzole allineate sulla toilette di specchio. La lampada a forma di nuvola. Avevo aperto le lenzuola di pelle d'uovo per farla scivolare dentro il letto.

Ma lei non cedeva. Inamovibile, con il busto eretto. Forse doveva rimettere.

"Vuoi vomitare?"

Giada, il Fisico, Vinicio. Ci sono andata a letto.

"Con Vinicio?"

"Con Vinicio."

*

"Vieni qui."

La prof di lettere aveva aspettato che l'aula si svuotasse,

se ne stava seduta alla cattedra lisciando con le dita il grande registro bordeaux. Indossava sempre orecchini trionfali per distogliere l'attenzione dall'asimmetria impressionante che si coglieva tra naso e bocca.

"Ho letto il tuo tema su Flaiano. È buono."

Lo disse senza celebrazioni, poi gettò gli occhi verso le finestre rettangolari che si aprivano su un inverno bugiardo: c'era sempre il sole.

Provai la stessa sensazione di quel giorno sulla Ferrari. Una commozione esplosiva. Un sentimento inarginabile che sarebbe potuto deflagrare in un pianto.

"Perché non studi, perché non ci provi? Guarda che quest'anno ti ribocciano. Lo sai, vero?"

Ora mi fissava.

"Devo andare in bagno, prof."

Mia madre mi aveva comprato un lassativo: si chiamava Veravis, era fatto con senna, cicoria, frangula e rabarbaro. Le pastiglie avevano forme irregolari, somigliavano alle piccole palle di polline che fumava il Gigante. Le tenevo nel taschino dei jeans, ne prendevo almeno tre al giorno, andavo al bagno regolarmente. Ero del tutto dipendente da quella roba, non potevo farne a meno: odoravano di liquirizia, sapevano di foglie peste. All'inizio solo due al giorno, poi tre, poi quattro: ingollavo l'ultima la sera prima di dormire, insieme alla pillola. Mi davano crampi allo stomaco, sudavo freddo, usciva tutto. Era una cosa irrinunciabile. Alla Garufi non lo avevo detto: non avevamo mai più parlato del mio problema, dopo il primo colloquio. Ora cercavo di mettere insieme delle parole sul Gigante, sul Ragazzodoro. Avevo paura di dire a voce alta che pensavo sempre più spesso a quel tipo dai modi dolci. Un giorno me l'ero ritrovato davanti a scuola, l'avambraccio fuori dal finestrino aperto.

"Che fai?" mi aveva chiesto come se ci fossimo incontrati accidentalmente.

"Vado a casa."
"Vuoi un passaggio?"
"..."
"Dai, sali, non ti mangio mica..."
Aveva gli occhi leggermente allungati, con qualcosa di mediorientale. Portava un orologio d'oro con il cinturino di cuoio, mocassini testa di moro. Era così cortese, anche la sua guida era educata, bastava un nulla che ingranasse la quinta, velocità di crociera trenta chilometri orari, se il semaforo era arancione inchiodava. Mi inteneriva, annusavo l'aria nel suo abitacolo pulitissimo, lo immaginavo sotto una doccia vaporosa per ore. Il cuore mi batteva forte mentre risalivamo la collina dove abitavo: se mi avesse visto il Gigante, o anche solo uno dei ragazzi del bar... Mi si contorceva la pancia, dovevo andare in bagno.
"Lasciami qui, alla sbarra..."
"Davvero? Non vuoi che entri?"
"No, se mi vede mia madre... Meglio di no."
"La prossima settimana c'è una festa al circolo Aniene, ti va di venire?"
"Una festa..."
"Sì, hai presente... gente che si ritrova, balla, beve, ride... Mai stata a una festa?"
"E lei cosa ha risposto?" La Garufi faceva il tifo per il Ragazzodoro, era lampante, si vedeva da come aveva girato il capo, scavallando improvvisamente le gambe.
"Sono scesa dalla macchina..."
"Le piacerebbe andare alla festa?"
"Non credo neanche di avere un vestito."
Sorrise. "Nemmeno Cenerentola possedeva un vestito..."
"Cenerentola aveva i topini..."
"..."
"..."
"Perché piange?"

"Anche io avevo un topo, non esattamente un topo, un criceto."

"Che fine ha fatto?"

"L'ho ucciso."

"..."

"Non volevo... è stato un incidente."

"Che tipo di incidente?"

"Ho perso il controllo."

"Quanti anni aveva?"

"Dieci."

"E...?"

"Ho perso il controllo."

"Questo l'ha già detto."

"Se andassi alla festa e il Gigante mi scoprisse, sono sicura che perderebbe il controllo..."

"Intende dire che la picchierebbe?"

"Sì."

"Lei ha picchiato il suo criceto?"

"Sì."

"Qualcuno l'ha mai picchiata?"

"No."

"Davvero?"

"Davvero."

"Mi vuole dire chi è il Selvaggio?"

Via del Pellegrino 75

1978-1981

Nessuna infanzia è priva di terrori.

PHILIP ROTH

Mio padre lasciò mia madre a cavallo di un trasloco. Quando gli scatoloni erano chiusi con lo scotch, i libri imballati, le valigie pronte, disse che aveva bisogno di stare solo. Per un po'. Non confessò che aveva una relazione, sparì all'improvviso in un residence e noi ci trasferimmo in quella casa monumentale che aveva scelto lui, nel centro di Roma. Apparteneva a una nota attrice teatrale, Valeria Moriconi. In una strada stretta, all'ottavo piano senza ascensore, l'appartamento era su due piani. Salone doppio, tre camere da letto, due bagni, stanza di servizio, aveva una pianta strana, era un labirinto di camere una dentro l'altra, come matrioske. Una scala portava al piano di sopra. Superattico. Qui, un altro salone enorme dava, attraverso un'ampia vetrata, su un terrazzo immenso.

Duecentocinquanta metri quadri disabitati. Mia madre era chiusa nella sua stanza a piangere, io nella mia a giocare con un criceto biondo, di nome Pepe. Mi era stato regalato per distogliermi dal dolore. Avevo sette anni. Lei trentatré. L'avesse vista il Fisico.

Mi iscrisse in una scuola cattolica in piazza di Spagna, la Mater Dei. Indossavo una divisa blu, gonna plissettata, camicina, mocassini neri. Mi passava a prendere un pulmino che tagliava in due il cuore di Roma. Ricordo il passaggio in una deserta piazza Navona, la grande fontana del Bernini che zampillava acqua cristallina. Sedevo accanto a una bambina di un'altra sezione: si chiamava Flavia, era una snocciolatrice di segreti impronunciabili.

"Lo sai, vero, che Babbo Natale non esiste?"

Decisamente no, credevo fermamente in Babbo Natale.

"Lo sai, vero, che tua madre e tuo padre scopano?"

Pardon?

"Tuo padre ha il pisello e tua madre quel buco che hai anche tu in mezzo alle gambe. Lui le infila il pisello lì dentro..."

Mio padre non fa un bel niente, se n'è andato, pensavo. Ma non lo dicevo. Rispettavo l'incertezza nella quale lui aveva gettato me e mia madre, dichiarando che doveva stare solo per un po', prendersi del tempo per pensare.

La mia compagna di banco si chiamava Camilla, era riccia di quella densità ovattata alla Jimi Hendrix, mi guardava di sguincio con i suoi occhi da pesce. Non parlavamo mai, soprattutto perché le suore erano rigidissime, da sotto le gonne sfoderavano a sorpresa righelli con cui ci bacchettavano la punta delle dita come cowboy che schioccavano la frusta. Stavamo tutte a testa china.

Nel pomeriggio, a casa, salivo la scalinata che mi portava al salone di sopra, dove c'era il televisore. Passavo ore a guardare *Candy Candy*, *Lady Oscar*, *Remi*. Tutti personaggi complicati con i quali mi identificavo felicemente. Poi cenavo con mia madre in una cucina stretta e lunga che somigliava a un'autostrada, appollaiate su sgabelli di ferro battuto. Mio padre chiamava quasi tutte le sere, ma non avevamo granché da dirci. Non ero dispiaciuta per la separazione. Il mio mondo era mia madre, mi sentivo al mio posto accanto a lei. Speravo solo che smettesse di piangere e ricominciasse a vivere.

Accadde.

Lentamente, inesorabilmente, mentre la mia incerta infanzia giungeva al capolinea.

*

Dopo un anno alla Mater Dei, mia madre mi spostò nella scuola elementare Trento e Trieste, in via dei Giubbonari, in pieno centro: faticava a pagare la retta di quell'istituto privato, ma soprattutto io avevo sviluppato un serio terrore nei confronti del diavolo e di Dio, cosa che non le piaceva affatto. I bambini della giungla nella quale ero stata catapultata non mi vedevano di buon occhio: ero schiva, timidissima, paralizzata. La Mater Dei era una scuola esclusivamente femminile frequentata da ragazzine inamidate della Roma bene, la Trento e Trieste era un acquario misto e variopinto: c'erano il figlio del macellaio, del meccanico, dell'architetto, del libero professionista. La nostra maestra era una trentenne dal sorriso morbido, più delle regole di grammatica o dell'aritmetica le interessavano l'orto, i diritti e i lavori di gruppo. Gestiva la sua banda selvaggia, ormai coesa dopo tre anni, con una grinta ecumenica. Passavamo ore sdraiati sulla pancia a disegnare cartelloni stesi sulle maioliche arancio, tutti insieme.

Per i primi mesi mia madre mi venne a prendere a scuola. Attraversavamo insieme Campo de' Fiori, dove lei aveva cominciato a stringere le prime conoscenze. Non passava certo inosservata. Aveva iniziato anche a invitare qualcuno la sera a cena, lei e i suoi amici si trasferivano nel salone al piano di sopra, si consumavano grandi piatti di pasta mentre in terrazzo le citronelle brillavano sotto le stelle limpide. I nuovi amici di mia madre somigliavano ai miei nuovi compagni di classe, avevamo abbandonato un mondo ingessato per abbracciarne uno popolato da colorati personaggi stroboscopici: Hanghel, un filosofo spagnolo che girava su una Honda; Pierantonio, un alcolizzato appassionato di vintage che aveva rubato la faccia ad Alberto Sordi; Margherita, una minuta ragazza calabrese che parlava giapponese e creava origami;

Milly, che vendeva lampade in via dei Cappellari; Graziano, che blaterava convulsamente sulle Brigate Rosse. Mia madre finalmente rideva, aveva dismesso la sua aria angelicata, si era fatta la permanente, indossava capi di spandex fucsia e giacche dalle grandi spalline. Giocava a fare l'estremista, la comunista, nella sua nuova cerchia di frequentazioni, mentre io, incarcerata nel mio silenzio e nella mia timidezza di bambina, la osservavo in quel nuovo entourage.

A scuola me ne stavo in un angolo, salvo le volte che, durante la ricreazione, finivo in un turbine di spinte e insulti. "Ma chi te credi d'esse con quella divisa, ripijate!" mi gridavano i miei compagni di classe. Non riuscivo a togliermi i vestiti della vecchia scuola, nonostante anche mia madre mi avesse invitato a farlo, regalandomi magliette che tingeva lei: da quando mio padre se n'era andato, aveva iniziato a lavorare con più impegno. Passava dagli abiti ai pullover, dagli strass ai ricami. Sperimentava cercando la sua specificità. Anche nella sua vita da sposata si era occupata di moda, ma era una specie di gioioso passatempo da integrare alla casalinghitudine. Ora si trattava di inventarsi uno stipendio. Erano cominciati i viaggi in Umbria, aveva messo insieme una ragnatela di lavoranti da cui facevamo puntate regolari. Vendeva i golf in un negozio di via Condotti che prendeva ordini su ordini, la casa si riempiva di clienti, donne, amici di amici, gente. Finché, un giorno, apparve lui, il Selvaggio.

*

Ventotto anni, un metro e novanta, mulatto. La prima volta che lo avevo visto indossava uno smoking e delle Superga. Era giorno. Niente papillon. Unghie, denti e sclere bianche, magro, flessuoso, irriverente, ballerino, fumatore, perdigiorno, modello, padre di un figlio lontano, eccolo... In un secondo era accanto a mia madre, nel giro di un mese nel suo letto fino al risveglio, poi piantato dentro casa come un rampicante. La musica rock suonava a tutte le ore. A scuola me le davano di santa ragione, ma l'appartamento levitava in una leggerezza mistica, si riempiva dell'amore sciolto e irreverente di una donna borghese con il suo ragazzo d'ebano, che girava a piedi scalzi e con colorati parei allacciati in vita, rollando uno spinello dietro l'altro (polline? No, hashish nero). Scopavano come ricci, dominavano il loro avvenire piccolo e incerto fatto dei giorni della settimana, mangiavano in fretta e poi si trascinavano per le vie del centro mano nella mano: non si dicevano mai "ti amo", non si promettevano nulla, galleggiavano sospesi su un tappeto volante di ormoni. Almeno credo. Non facevano sul serio, mentre il tempo della relazione con mio padre era scaduto: aspettava un figlio.

Intercettai la notizia a una cena. C'erano tutti gli stroboscopici al completo, confabulavano su chi me l'avrebbe detto, confondendomi.

"Diglielo tu, meglio..." le consigliò Milly.

Mia madre scrollò la testa bionda: "No, glielo dice il padre".

"Ma cosa le deve dire...?"

"Che aspetta un bambino."

"Quindi, avrà un fratello."

"Un fratellastro..." sospirò mia madre.

"Fratello, fratellastro, che differenza fa?"

"Infatti," precisò il Selvaggio.

Il Selvaggio mi piaceva. Nonostante mi avesse sottratto mia madre, le aveva restituito il buon umore. Era giovane quel tanto da riuscire a mettersi al mio livello, mi faceva apparire monete da cento lire dietro l'orecchio, mi portava sulle spalle, mi insegnava ad annaffiare le piante del terrazzo senza muovermi, lasciando zampillare l'acqua qua e là. Io lo imitavo, anche se mi tenevo distante dal loro emisfero privo di leggi, impettita nella mia gonna a pieghe blu.

Certe rivoluzioni si fanno con la divisa.

Il Selvaggio era diretto e senza filtri proprio come la mia maestra, che un giorno mi prese da parte e mi disse: "Che fai? La smetti? Ti devi integrare... Se te le danno, tu rispondi. Hai capito?".

Capire, capivo, ma reagire era un altro affare. Me ne restavo per ore in camera con Pepe, che liberavo dalla gabbia e seminava in giro palline di cacca mentre su un mangiadischi arancione facevo andare i quarantacinque giri di Elvis Presley: "*Love me tender, love me true*". Mi ero attaccata un poster davanti al letto: il re, in leggero sovrappeso con i suoi grandi occhi turchesi e i capelli dai riflessi zaffiro, mi osservava congelato dentro una giacca di pelle due taglie più piccola. Anche io avevo cominciato a ingrassare, tanto che la divisa non mi stava più. Mia madre mi aveva comprato a Porta Portese una giacca di pannolenci e mi ero decisa a indossare dei jeans, le scarpe da ginnastica, la Tolfa a tracolla, i capelli legati in una coda bassa.

"Co' 'sta pettinatura da suora..." Marta – quaranta chili di bambina, capelli luridi, metabolismo di un bradipo – mi spinse a tradimento nel lungo corridoio prima dell'uscita da scuola mentre la campanella suonava il via libera. Battei la fronte, mi venne un ematoma violaceo.

Dopo avermi vista ridotta così, l'indomani mia madre mi accompagnò a scuola di buon'ora, quando l'aula era ancora semivuota, e senza salutare la maestra esordì: "Non è possibile! Guardi come è tornata a casa! Qui la menano, e lei non dice niente?".

"Mah..." sussurrò la mia insegnante con il cancellino tra le mani: "Io le ho detto di difendersi... non è vero?". Mi accarezzava con uno sguardo amichevole e accattivante.

"Sì, ho capito..." ribolliva mia madre. "Ma lei non interviene?"

"Non sono cose che succedono davanti a me, signora...

Bisogna che la bambina cominci a difendersi, a cavarsela da sola."

La lasciò a bocca asciutta, la mia maestra trentenne con le camicette a fiori e la filosofia spicciola della sopravvivenza nel branco, e mia madre tornò a casa trascinandomi per mano senza dire una parola.

In realtà, il giorno seguente, in classe ebbe luogo un pacato processo di Norimberga. La maestra, seduta sulla cattedra con le gambe che ciondolavano nel vuoto, chiese: "Ma perché la menate?".

I bambini se ne stavano rinchiusi nel loro silenzio innocente, gli sguardi per aria, le teste poggiate sulle mani e i gomiti puntati sui banchi verde acqua. Solo una, Neracomelapece, mi guardava.

"Giusto per capire..." aggiungeva intanto la maestra.

"Perché è stronza," berciò Giuliano.

"Sì, è stronza. Poi è venuta a scuola con la divisa per quasi un anno, ma ti pare?" Marta si torturava un'unghia.

"E poi non parla. Perché non parla? Non parla con noi o non parla con nessuno? Non si capisce..." L'affermazione proveniva dal fondo dell'aula, non aveva un nome.

"È muta!" Non era chiaro se Giuliano facesse dell'ironia.

"Soprattutto, non si capisce cosa cazzo pensa..."

"Non si dice 'cazzo', Matteo, e neanche 'stronza'," li redarguì la maestra.

Non era facile rimanere indifferenti in una stanza dove sindacavano su di me come se non ci fossi. Mi vergognavo: dei miei silenzi, della mia incapacità di comunicare, della mia amata divisa blu. Ma non provavo solo quello straniante senso di inadeguatezza: sentivo anche divampare la rabbia, avrei voluto gridare, tirare un banco contro la finestra, uccidere. Ero un piccolo Minotauro di otto anni in conflitto con se stesso, sotto gli occhi sensibili della mia maestra che mi scrutava cercando di animarmi. Cosa voleva quella donna da me? Che cambiassi improvvisamente? Che tirassi fuori la mia furia? Ma io ero abituata a mandare giù, a contenere (questo lo avrebbe detto anni dopo la Garufi). Da me non trapelava neanche l'ombra di un sentimento declinato aggressivamente, io ero serafica, statica, e quando restavo sola mi succhiavo il pollice arrotolandomi una ciocca di capelli all'infinito.

Invece il Selvaggio era un tipo sempre in movimento, uno di quegli uomini attraversati da un ritmo incandescente: il piede che balla, le mani che tamburellano, il collo che scrocchia. L'hashish probabilmente stemperava l'energia vulcanica che animava il suo corpo magro, i muscoli lunghi e febbrili. Lui e mia madre si erano messi a colorare delle magliette con l'aerografo: le appendevano su una tavola di legno e sparavano sul tessuto spruzzi, gettate di colore, disegni alla Jackson Pollock. Il Selvaggio faceva avanti e indietro mentre la musica suonava: "*Sul ponte sventola bandiera bianca*". Fumava in continuazione, teneva sempre uno spinello in bocca, la cenere volava, la canna si spegneva e lui la riaccendeva. Ogni tanto era attraversato da episodi di collera. "Dove cazzo ho messo le chiavi? Cazzo, cazzo, CAZZO!"; il suo stile di guida testimoniava il suo flusso sanguigno. Zigzagava tra le auto, atterrito dal pensiero che qualcuno potesse superarlo, le inchiodate a un millimetro dalla macchina davanti, il finestrino abbassato: "Ehi, bello, non lo vedi che è verde? Che facciamo, dormiamo?". Intanto mia madre teneva una mano allacciata alla sua sul cambio, e ridevano di nulla.

Cominciò a venire con noi in Umbria, trascinava le matasse di lana, chili di fili di seta, guidava alleggerendo il peso di quei viaggi, sia moralmente che fisicamente. Mia madre era distratta dalla sua presenza, meno fagocitata dal pensiero che la potessero beccare con tutta quella merce in macchina. Prima tirava giù i sedili per farmi sdraiare sulle buste, immaginando che, se ci avessero fermato, avrebbe potuto dire che la bambina dormiva. Ma a fine marzo del '78, subito dopo il rapimento di Aldo Moro, Roma pullulava di volanti, c'erano poliziotti annidati in ogni angolo della città, mancava poco che sbucassero dai sampietrini: e un giorno noi facemmo la nostra entrata trionfale, io sdraiata su un tappeto di maglioni d'angora, mia madre al volante. Quando i carabinieri intravvidero un corpo lungo disteso sul sedile dietro, ci inseguirono e bloccarono, puntandoci i mitra addosso. Il maresciallo gridò contro mia madre che era stata una pazza a permettermi di sdraiarmi lì: non li leggeva i giornali? Non lo sapeva che loro passavano le giornate a cercare un corpo, vivo o morto? Lei lo ascoltava con la vena che batteva sulla tempia, io rimanevo immobile come un'iguana sulla montagna di pullover, facendomela sotto. Dopo quella volta non avevamo più abbassato i sedili, e io sedevo accanto a lei, al posto del passeggero. Ora che il Selvaggio ci accompagnava mi toccava quello dietro. Quando arrivavamo in Umbria lui aspettava in macchina, noi ci infilavamo nelle case delle lavoranti: i divani incellofanati e le tende tirate, odore di burro e sughero, lavoravano la maglia con ferri grigi e turchesi.

"Lo gradisce un biscottino, la bimba?"

Biscottini con una ciliegia rossa sopra o lingue di gatto ormai appassite.

Tutto sembrava procedere ma un giorno, mentre tornavamo da Todi, accadde l'imprevedibile. Il cielo era segnato da nuvole bianche, ascoltavamo i Dire Straits, *Tunnel of Love*, e la macchina scivolava sull'asfalto, carica di pullover. Ci fermammo lungo l'autostrada per un caffè: e in quel momento la violenza arrivò. Come un'onda anomala che cresce in fondo all'oceano e raggiunge la spiaggia, la terra, le città correndo velocissima, divora tutto, finisce per sommergere il mondo.

Era l'ultimo autogrill prima di arrivare a Roma, da nord: un grande complesso di cemento che sormontava l'autostrada. Si salivano le scale e poi c'era il bar, la sala ristorante, gli espositori pieni di caramelle, giocattoli, lamette, dentifrici, prosciutti, casse di prosecco, pupazzi e pennarelli. Ogni tanto, dopo quei lunghi viaggi mi spettava un regalo, mia madre mi vedeva puntare qualcosa – una bambola, un giornalino, un cerchietto per i capelli – e mi chiedeva: "Lo vuoi?".

Potevo anche restare in silenzio.

"Massì che lo vuoi..."

Mangiavamo i panini, quel posto era famoso (almeno per noi) per la focaccia al prosciutto appena scaldata. Lei beveva un cappuccino, io un'Orangina: ghiaccio e scorza di limone. Eravamo appoggiate sul lungo bancone in acciaio a raccattare le ultime forze per il rientro, mancava appena mezz'ora. Il Selvaggio si aggirava tra gli espositori saltellando con quel suo mood saettante, la cassiera lo osservava senza dire nulla, con una faccia di cera, e intanto si occupava della fila davanti a lei: batteva, incassava, sgranava il resto.

Poi alcune musicassette caddero a terra. Era stato il Selvaggio, che le stava toccando. Una fila intera venne giù con un effetto domino, *trummm*: dieci, venti, trenta musicassette. La cassiera alzò le mani al cielo: "Ecco," imprecò, "lo sapevo che faceva casino, quel negro di merda!".

Fu un istante. Un solo istante, in cui il Selvaggio digrignò i denti e in un secondo prese la cassiera per il collo. "Che hai detto? Cosa cazzo hai detto? Stronza maledetta!" L'aveva sollevata di peso all'altezza del proprio viso, mentre il suo corpo prendeva fuoco e la sua bocca si spalancava. L'aveva strattonata un paio di volte e l'autogrill si era immobilizzato in uno stato di stupore sospeso. Tutti fermi a guardare il *negro* che stritolava la cassiera. Poi, di slancio, l'aveva lasciata e aveva cominciato a tirare giù tutto quello che gli capitava sottomano. Le caramelle, i giornali, i bagnoschiuma, gli insaccati, le casse di vino: gli espositori volavano via, li sradicava dal suolo incapace di fermarsi. E nessuno alzava un dito. Nessuno. Tutti immobili a guardare Don Chisciotte che combatteva contro i suoi titanici mulini a vento. Anche noi eravamo rimaste attonite, impietrite. Poi, piano piano, la furia si spense, le mani rallentarono, il Selvaggio si piegò sulle ginocchia per riprendere fiato, in mezzo a un cumulo di macerie, inspirò ed espirò decine di volte, nelle vene gonfie il sangue riprendeva a defluire. Con la bocca annodata, schiumante di saliva, come se nulla fosse, disse: "Andiamo!".

Noi ci muovemmo una dietro l'altra, attraversammo l'enorme autogrill mentre i rumori sordi dei nostri passi riecheggiavano nell'ipnosi generale.

Una donna bionda, un uomo appena uscito di senno, una bambina.

*

Di tutti i miei compagni, soltanto una mi attraeva: Neracomelapece. Per un solo, semplice motivo: non le ero indifferente. Non era molto alta di statura, ma già formata in un corpo che si avviava verso la fine della crescita. Aveva un anno più di me, occhi di ciniglia, capelli mossi, seni sbocciati. Si muoveva come un animale, parlava poco, e le rare volte che apriva bocca infilava almeno una parola inglese nel suo vocabolario incerto. Aveva vissuto in Gran Bretagna, diceva. Vestiva in un modo stravagante, nonostante fosse ancora piccola: aveva qualcosa di punk, inclusi degli strani collarini che cambiava a giorni alterni. Non mi aveva mai picchiata, non mi aveva mai difesa. Mi guardava con i suoi grandi occhi mentre sfrecciava nell'ora di ginnastica. Correva velocissima, era una campionessa di palla avvelenata, e lo stesso valeva per il tennis e la pallavolo. Ci allenavamo nel cortile della scuola, uno spiazzo asfaltato chiuso tra palazzi color pesca: la rete era una corda che, a seconda degli sport, veniva alzata o abbassata.

Neracomelapece aveva qualcosa di forastico e osceno che

all'epoca non sapevo decifrare. Venne lei da me. Lontano dagli occhi di tutti, un giorno mi chiese se dopo la scuola volevo andare a casa sua, a giocare.

"Davvero?"

"Davvero," confermò.

"Quando?"

"Domani."

Mia madre mi diede il consenso dopo un rapido interrogatorio.

"È simpatica, intelligente, educata?"

Non sapevo rispondere.

"Dove abita?"

"Vicino a scuola, in un posto che si chiama Palazzo Savelli, Palazzo Orsini... Non ho capito."

"Oh, Palazzo Orsini, lo conosco. Andavo a delle feste, in quel posto, da ragazza... È un luogo leggendario."

"..."

"Ti vengo a prendere alle sei."

Le erano luccicati gli occhi, quando avevo localizzato la mia amica. In seguito alla scenata dell'autogrill l'umore in casa si era ingrigito, sembrava che lei avesse fatto un passo indietro. Meno enfasi, più attenzione ai gesti, mentre il Selvaggio se ne stava in disparte con la coda tra le gambe.

*

Io e Neracomelapece uscimmo da scuola per ultime – era chiaro a entrambe che non dovevamo pubblicizzare il nostro primo appuntamento – e camminammo distanti attraversando il ghetto, fino al notissimo Palazzo Savelli Orsini. C'era un cancello con due grandi orsi di pietra in cima ai pilastri, poi una salita di sampietrini sui quali la mia "amica" si mise a correre, invitandomi a seguirla. Era un insieme di magnifiche case che confinavano con il Teatro di Marcello, uno spazio enorme che Neracomelapece conosceva come le sue tasche, un villaggio cinquecentesco racchiuso nella città. Poggiammo le cartelle in un angolo e cominciammo a nasconderci, a correre a perdifiato. Lei sorrideva, aveva perfetti denti color latte. Accecanti. Passammo il pomeriggio così, all'aperto. Ci infilammo negli androni dei palazzi, scivolammo sul corrimano di una scala di marmo, staccammo gli aghi di un abete. Quando mia madre arrivò, alle sei, fermò la macchina davanti al cancello. La vedemmo dalla cima della salita. La raggiunsi subito.

"Ti sei divertita?" mi chiese sorridendo.

Mi si leggeva negli occhi, nel corpo. Avevo passato gli ultimi due anni davanti alla televisione, non sudavo da mille stagioni.

"Tanto," risposi.

Neracomelapece mi venne vicino e osservò mia madre, poi con il fiato corto disse: "Può tornare?".

"Sì," confermò lei guardandoci divertita, "certo."

Salimmo in macchina. L'adrenalina del gioco mi scorreva nelle vene, la vista appannata dall'emozione.

"Lo sai, quando ero ragazza avevo un fidanzato che abitava in uno di quei palazzi," iniziò a raccontarmi mentre metteva in moto.

"..."

"Lo chiamavo il Playboy, era molto più grande di me. La nonna avrebbe voluto che lo sposassi."

"E invece?"

"Mi ha lasciata, ma non ho sofferto molto. Subito dopo ho incontrato tuo padre... Forse mi sono salvata, il Playboy era un dongiovanni, un *bon vivant*, uno sciupafemmine... Aveva una casa stupenda, proprio in cima a quella salita. All'epoca si davano delle gran feste, lui organizzava dei balli faraonici in costume... molto divertenti. Chissà se abita ancora lì."

"Non l'hai più visto?"

"No, è una vita che non lo incontro."

"..."

"E invece la casa della tua amica, com'è?"

"La casa della mia amica? Non l'ho vista."

*

Dopo la storia dell'autogrill nessuno disse nulla, il Selvaggio non provò a giustificarsi, mia madre non chiese, io m'infilai nella mia camera.

Avevo avuto paura, non avevo mai assistito a una tale esplosione di rabbia. I piccoli gesti che il Selvaggio in principio aveva compiuto per conquistarmi erano stati cancellati. Non mi fidavo più di lui, giravo al largo. Camminavo come su una fune che collegava la mia stanza alla cucina, in bilico, dritta, sguardo basso. A volte mi portavo la cena in camera, la mattina facevo colazione sola, attraversavo Campo de' Fiori e arrivavo a scuola. Il pomeriggio salivo al piano di sopra e guardavo la televisione. Lui assecondava le mie mosse, mentre nel giro di qualche giorno ritrovò l'armonia con mia madre: li sentivo ridere, fremere, gemere. Il Selvaggio si muoveva con assoluta nonchalance, ogni tanto cucinava, si occupava della terrazza, portava su la spesa (otto piani di scale), puliva la gabbia di Pepe; la casa ormai gli apparteneva, come la macchina; quando erano insieme guidava lui, anche se l'auto era di mia madre. Detestavo quella guida a singhiozzo, stavo seduta dietro e la nausea montava, strattonata dalle sue frenate improvvise, dagli improperi che volavano dal finestrino. Anche mia madre era fumantina al volante, ma la cosa che le stava più a cuore era il percorso. Aveva le sue strade segrete, tagli verticali della città che servivano a saltare due semafori e che lei seguiva con religioso ossequio. Si fregiava di essere una romana doc, di conoscere la capitale come san Pietro, suonava il clacson per svegliare la fila, voleva arrivare prima.

Un giorno un uomo ci tagliò la strada con la sua Fiat in curva sull'Aurelia Antica, un azzardo che avrebbe potuto costarci la vita. Lei sbraitò: "Ma guarda questo disgraziato!", mentre il signore della Fiat ci sfrecciava davanti con il dito medio alzato. Il Selvaggio era alla guida, e prese subito le sembianze di quel giorno all'autogrill: serrò la mandibola e cominciò a sbavare, si mise a correre dietro alla Fiat compiendo una serie di manovre dissennate per non perderla, un'intera strada in contromano per raggiungerla. Ci riuscì, all'altezza di via delle Fornaci, dove la Fiat si dovette fermare a un semaforo rosso troppo importante per essere violato. Eravamo distanti una decina di metri, l'uomo capeggiava la fila. Il Selvaggio scese dalla macchina senza richiudere la portiera, prima acchiappò il tipo attraverso il finestrino per il collo, poi aprì lo sportello e lo tirò fuori dall'auto come fosse un fazzoletto. Lo sbatté sul cofano e, come aveva fatto con la cassiera, si mise a un centimetro dal suo viso, gridando: "Ci potevi ammazzare, testa di cazzo!". Gli assestò un colpo sulla fronte e il capo dell'uomo picchiò contro il parabrezza. Lui lo tenne per il collo e infine lo lasciò andare. Poi prese fiato, come quel giorno, grandi respiri. Sciolse le spalle e tornò in macchina.

Friggeva.

Partimmo lasciando il poveretto boccheggiante riverso sull'automobile.

Una donna bionda, un uomo appena uscito di senno, una bambina.

*

Tornai da Neracomelapece, e questa volta glielo chiesi io. "Vengo da te, va bene?" Annuì. Non volevo più stare a casa. In classe facevamo finta di nulla, ci ignoravamo. Gli altri bambini non mi avevano più toccata dopo il discorso della maestra, ma mi scrutavano con i loro sguardi bui, non mi coinvolgevano mai nei giochi di gruppo.

Una volta uscite da scuola io e Neracomelapece camminavamo raso muro una davanti all'altra, e all'altezza della sinagoga ci allineavamo.

"Hai fame?" mi chiese un giorno.

"Sì."

"Ti faccio assaggiare il porridge..."

"Cos'è il porridge?"

"Un pappone zuccheroso che mangiavamo in Inghilterra."

Il favoloso mondo di Neracomelapece era una piccola casa a destra, appena superato il maestoso cancello con gli orsi: sembrava scavata nella roccia, confinava fisicamente con uno dei ruderi più imponenti di Roma.

Neracomelapece era la figlia del portiere, Tony. Un uomo piccolo eppure imperioso, con l'unghia del mignolo destro lunga lunga. "*You welcome!*" mi accolse, la pancia insaccata in una camicia a rigoni e lunghi baffi a manubrio. Uno stecchino piantato tra le labbra e quello sguardo assillante sulla primogenita, che non aveva neanche salutato.

Quel giorno li conobbi tutti.

Susanna, la mamma, detta Susy, il fratello Bob e il più piccolo Peter. Dieci, otto, sei anni. Tony e Susy concepivano a ritmi regolari, Venere s'incuneava nei loro giorni con distanze cadenzate. Erano tutti minuscoli come ninnoli e gridavano come fossero allo stadio nei loro cinquanta metri quadri ridondanti di porcellane in miniatura: cani, gatti, cavalli, damine e rane. Una camera per i tre figli, una per i genitori, un cucinino, un microsalotto, un bagno rosa cipria che presto sarebbe diventato il nostro abisso. Tre cagnolini, sembravano volpini, correvano come forsennati su e giù dal divano a fiori giallo canarino. Susy indossava sempre un grembiule e cucinava a tutte le ore, aveva gli occhi chiari e una messa in piega che ricordava certe pettinature degli anni cinquanta, tipo Sandra Dee, adorava i suoi cani che sgridava in continuazione esattamente come faceva con i figli.

Parlavano tutti un siciliano stretto maculato da parole inglesi, una lingua incomprensibile che riuscivo a decifrare grazie ai loro gesti plateali: si mandavano a quel paese in continuazione, si rimproveravano, si odiavano deliberatamente pensando che la sopraffazione che dominava le loro giornate fosse il pane quotidiano di ogni cristiano. Tutti e cinque volevano sempre la stessa cosa. Sedersi su una data poltrona, avere il controllo del telecomando, chiudersi in bagno senza essere disturbati. Tutti volevano il piatto con più cibo, gridare la loro insofferenza per quella convivenza strettissima. Tony urlava contro Susy, che nei momenti più inaspettati si levava le ciabatte di plastica per colpire Neracomelapece, mentre la mia amica tirava i capelli al fratello, e quello assestava dei pugni sulla schiena di Peter, che rimbombavano nella sua gracile cassa toracica; lui di contro prendeva a calci i volpini, che guaivano e si sparpagliavano nel cortile a caccia di gatti. Guardarli mi faceva pensare al ciclo di sopraffazione vitale della *Fiera dell'Est* di Branduardi.

Sembravano una locomotiva di improperi e vendette, in costante movimento, eppure mi fecero sentire a casa, dal primo giorno. Entrai nel loro flusso con il mio silenzio angusto, che non dava fastidio a nessuno, anzi. "*Shad up*, come lei, cazzo, *I'm just watch football!*" si spazientiva Tony, e poi si passava l'unghia del mignolo tra gli incisivi. Avevano vissuto a Brighton, ne parlavano come fosse la luna, mitizzando quel luogo dal quale per ragioni misteriose avevano fatto ritorno; e chissà come mai Tony era finito a fare il portiere di quel palazzo. Il rapporto tra lui e Neracomelapece era il più conflittuale di tutti: il padre la osservava muoversi con le fiamme negli occhi, pareva aspettasse un suo passo falso più di ogni altra cosa, ma lei gli teneva testa come un'Erinni e sapeva sfuggirgli. Ogni volta che Tony era in casa noi sgusciavamo fuori, anche tra i ruderi del Teatro di Marcello, saltavamo tra i resti, da una colonna a un capitello, cercando di evitare il suolo tempestato di siringhe. Tornavamo a casa per mangiare il porridge cucinato da Susy, certe volte disegnavamo sul tavolo della cucina, oppure ci chiudevamo nella stanza dove Neracomelapece non voleva far entrare i fratelli. Teneva una scatola sotto il letto, segreta e inviolabile. La osservavo difendere il suo spazio con i denti, combattere le provocazioni del padre con sguardo deciso, alzare le mani sul secondogenito con prepotenza: avevo la sensazione di respirare litri di rabbia intorno a me, ma per la prima volta mi appariva come un sentimento normale.

*

Mi sarei voluta trasformare in Neracomelapece. Mia madre me lo cavò dalla bocca, un giorno. "Ti piace proprio la tua amica, eh?"

"Sì, vorrei essere lei..."

"Presto ti renderai conto che non è così, che è infinitamente meglio essere te che lei..."

"No, non succederà mai."

Mi sorrideva, certa delle sue affermazioni. Eppure a scuola emulavo Neracomelapece. Per me lei era come la principessa delle fiabe.

Un giorno eravamo nella grande palestra della scuola con il pavimento di linoleum e i fasci di sole attraverso le finestre che tagliavano lo spazio in lingue di ombre e luce. Dovevamo saltare prima su una gamba e poi sull'altra, poi fare esercizi a terra, con la palla medica e i bastoni di legno, quando Marta – quaranta chili di bambina, capelli luridi, metabolismo di un bradipo – si voltò sul fianco sinistro per assestarmi una bastonata secca in mezzo alle scapole. Era la sua specialità, aggredirmi da dietro. Mi voltai e d'istinto la colpii sulla spalla con tutta la forza che avevo in corpo, una sciabolata di rovescio partita dai lombi (o dal cuore?). Avevo calamitato gli occhi della classe in un solo istante, quelli di Neracomelapece brillarono di gioia quando Marta guaì. La maestra era in bagno, per mia fortuna, il mio primo attacco d'ira non venne discusso né rimproverato.

"Hai fatto bene!" mi disse la mia amica mentre uscivamo trionfalmente insieme da scuola (non c'era più bisogno di nascondersi, ero improvvisamente entrata a far parte di uno squadrone di samurai e Neracomelapece non doveva più vergognarsi di me). "Ora vedrai che la piantano di attaccarti." Il nostro unico anno di distanza me la faceva apparire molto più grande, navigata. Era stata bocciata quando si erano trasferiti dall'Inghilterra, aveva vissuto in un altro paese, respirato un'altra aria.

Corremmo verso casa tenendoci per mano, affamate e decise a chiuderci subito in bagno. Tony aveva una collezione di fumetti porno sistemata accanto al water, una torre di oscenità su cui era poggiata la carta igienica. Neracomelapece me ne aveva mostrato uno qualche giorno prima e io mi ero coperta gli occhi con le mani, mentre il padre sbraitava per entrare: "*Come on! Faci go in!*". Il disegno di una donna a quattro zampe con i seni scolpiti e il corpo di un uomo che la sovrastava da dietro mi lavorava dentro da giorni. Non vedevo l'ora di tornare in quel bagno e al tempo stesso temevo quell'istante. Una sola immagine aveva mandato in orbita il mio sistema nervoso.

Mangiammo il porridge in silenzio, quindi portammo Bob e Peter nel grande spiazzo alla fine della salita e giocammo con loro a palla avvelenata, poi a nascondino: loro contavano e noi filammo dritte a casa; Susy stirava ipnotizzata dalla Carrà, che rovesciava indietro il suo miracoloso caschetto guardando in macchina, e noi ci chiudemmo (finalmente) nel bagno. Neracomelapece aprì l'acqua del lavandino e ci sedemmo in terra con le schiene contro il muro. Lei scelse il fumetto, lei lo tenne in mano, lei voltò le pagine, lei: la principessa, il capitano. La nostra eroina era statuaria e lasciva, si aggirava in un mondo neogotico, pronta a tutto, seminuda e regale, mentre un branco di uomini affamati come lupi se la sbatteva, di pagina in pagina. Sentivo il cuore ovunque: nei polsi, tra le gambe, sulle tempie, nella gola. Cercavo di ricacciare giù il mio turbamento inghiottendo: se da una parte quella roba mi sbalordiva e mi attraeva, dall'altra il pensiero di mia madre... mia madre... Le parole che Flavia mi aveva sussurrato alla Mater Dei tornavano a galla, torturandomi: "Tuo padre ha il pisello e tua madre quel buco che hai anche tu in mezzo alle gambe. Lui le infila il pisello lì dentro...". Mia madre, mio padre, il Selvaggio, mia madre, mia madre...

Mi girai verso Neracomelapece, che voltava le pagine serafica, le pupille dilatate al centro dei suoi miracolosi occhi neri, si leccava la punta delle dita e sfogliava sorniona il fumetto.

Un colpo sulla porta ci fece sobbalzare. BUM! Da dietro l'uscio, Tony gridava che era arrivata mia madre: "*Open!*". Rinfilammo il fumetto al suo posto nella pila: ero turbata, tachicardica.

"Oddio," sussurrai. Lei mise la punta di un asciugamano sotto l'acqua: mi bagnò i polsi e la fronte.

"*Open this fucking door!*"

Neracomelapece si mise l'indice davanti alla bocca per dirmi di stare zitta.

"Sì, *daddy*," scandì tranquilla, poi sbloccò il gancio della porta e gli piantò gli occhi negli occhi. Tony le assestò uno scappellotto e a me destinò il suo incantevole sorriso inglese.

*

Mia madre era davanti al cancello, in piedi accanto alla macchina, e stava parlando con un uomo. Un uomo azzimato, con un abito impeccabile, l'incarnato come abbrustolito e i capelli brizzolati. Io, Tony e Neracomelapece restammo sull'attenti ad aspettare un cenno. Lei continuò la sua conversazione, poi finalmente annunciò: "Eccola, la mia bambina...". Feci qualche passo verso di loro e il signore lasciò scivolare i suoi piccoli e brillanti occhi verdi su di me, sorrise mostrando una fila di denti incapsulati e disse: "Che meraviglia di fanciulla... Buonasera, Tony!".

"Buonasera, dottore, tutto bene?" Tony aveva la postura di un soldatino, e improvvisamente parlava italiano. Lui e Neracomelapece spartivano una sola cosa, lo sguardo. Uno sguardo che parlava chiaro, esprimeva una *palette* di sentimenti semplici e inequivocabili – stupore, rabbia, desiderio, ammirazione, disgusto – e in quel momento mostrava che era insaziabilmente sedotto da mia madre e in grande soggezione di fronte al signore azzimato. Li osservava congelato in quell'espressione monolitica, tesa a farlo apparire una personcina perbene.

"Amore, questo signore è il mio vecchio amico che abitava qui. Ti ricordi? Ti avevo raccontato di lui," disse mia madre.

Sì, il Playboy, certo, mi ricordavo perfettamente. Quindi stava ancora lì, e Tony era il suo portiere.

"Lo sai che io e la tua mamma ci dovevamo sposare?"

Quanti anni aveva il Playboy? Lei aveva fatto riferimento alla loro differenza d'età? Ma soprattutto, cosa poteva esserle piaciuto di un uomo così? Imbalsamato e impomatato, vuoto come una camera d'aria, artefatto come una statua di cera. Lo avvicinai mentalmente all'immagine del Selvaggio.

Quanti (e quali) amori si potevano succedere nel cuore di una donna?

"Fortuna che non ci siamo sposati," commentò mia madre, ridanciana.

"Il più grande rimpianto della mia vita..." suggellò cavalleresco il Playboy, portandosi la mano al petto. Ricordava vagamente Julio Iglesias, nei modi, *ça va sans dire*.

"Comunque abiti sempre qui..."

"Eh sì, questo è un luogo impossibile da lasciare. Tu, piuttosto, dove sei finita? Sei in centro?"

"Sì, in via del Pellegrino, nella casa di Valeria Moriconi... Conosci?"

"Certo, bell'appartamento, con una terrazza spettacolare..."

"Incantevole."

"E per Pasqua cosa fate?"

"Per Pasqua? Forse vado a trovare i miei all'Argentario."

"Portagli i miei saluti."

"Senz'altro," gorgheggiò.

Noi assistevamo allo scambio come fosse una pièce teatrale (per certi versi lo era).

Esauriti i convenevoli, mia madre e il Playboy si lasciarono baciandosi sulle guance e promettendosi di rivedersi. Entrambi salutarono Tony che si produsse in un inchino contratto, mentre io e Neracomelapece eravamo come fluttuanti nel vuoto: avevamo ancora i nostri suadenti demoni in testa.

*

I nonni non sapevano dell'esistenza del Selvaggio. Mia madre li teneva aggiornati su tutto, omettendo quel dettaglio sensibile: conviveva con un ragazzo senza arte né parte, più giovane di lei. Non discusse mai la cosa con me, semplicemente raccontava la nostra vita come se fossimo le uniche abitanti del nostro pianeta; io, sigillata nel mio silenzio, annuivo. Quella Pasqua il sole era caldo, mangiammo sul terrazzino dei nonni, lo iodio pizzicava i polmoni: parlavano di politica e libri, di mia zia.

"Come va la scuola?" mi chiese all'improvviso il nonno.

"Meglio."

"In che senso 'meglio'?"

"Be', le ci è voluto un po' per integrarsi," intervenne mia madre.

In certe famiglie le apparenze se ne stanno in bella mostra a tavola, come il sale.

Era vero che andava meglio, da quando avevo sciabolato Marta: la classe mi si era schiusa tra le mani, senza cerimonie trionfali. I miei compagni avevano permesso il mio insediamento, accettato la ruga che avevo sempre tra le sopracciglia, accolto il mio silenzio. La mia presenza in aula si cementava anche grazie all'aiuto della maestra, che era della stessa pasta di Neracomelapece, un'alleata sincera e riservata. Il mio corpo si infilava tra quelli degli altri quando appendevamo i cartelloni, le mani piantavano bulbi nell'orto assolato, scambiavo le figurine di *Heidi* al mercato nero.

"Quante regioni ci sono in Italia?" mi domandò il nonno.

Lo ignoravo nella maniera più assoluta, alla Trento e Trieste non esistevano libri né quaderni, si studiava il programma della sopravvivenza, non della grammatica o della geografia.

"Venti o ventuno, se includi la Valle d'Aosta," rispose mia madre con il suo sorriso semplice.

"Lascialo dire alla bambina," la rimproverò il nonno.

"Okay. Quante regioni ci sono in Italia?" mi chiese lei.

"Venti o ventuno, se includi la Valle d'Aosta."

"Visto? Lo sa..."

Lui aggrottò la fronte. "Che c'entra la Valle d'Aosta?"

La complicità tra me e mia madre era un dato certo: non servivano parole per sancire l'appartenenza alla stessa squadra, eravamo io e lei, poi c'era il resto del mondo. Questo era valso anche nei tempi della vita matrimoniale: sembrava che mio padre la reclamasse in un rapporto esclusivo e lei gli lasciasse intendere che fosse così, ma io sentivo che la nostra pervasiva sintonia sentimentale era superiore a tutto. E lo stesso era per la relazione con il Selvaggio. In quegli anni mi pareva di capire che gli uomini esigevano delle attenzioni dalle quali ero esclusa, ma avevo anche la sensazione di rimanere sempre perfettamente a fuoco nel mirino di mia madre. Anche quella sera, quando tornammo dal mare e trovammo davanti alla porta di casa un gigantesco uovo di Pasqua decorato con arabeschi di zucchero, incartato in un foglio di plastica trasparente, bastò osservarla mentre leggeva il biglietto e cogliere il suo battito di ciglia. La sintonia non aveva parole, era un gioco di sguardi.

Alla donna che avrei dovuto sposare. Con rimpianto, scriveva romanticamente il Playboy. Mia madre mi mostrò il biglietto per poi accartocciarlo.

"Diciamo che è per te, che l'ha mandato papà, okay?"

"Okay," confermai.

Il pensiero di avere dei segreti con lei mi faceva sentire "esclusiva": non cercavo un amore spudorato, mi piaceva il non detto, la fibrillante linea di taciuto che nascondeva un'appartenenza. Pensavo al silenzio come all'amore, alle cose celate come all'affetto.

*

Mio fratello nacque il primo marzo. Sotto il segno dei Pesci, come mia madre. Mio padre mi portò in clinica. Camminammo per un lungo corridoio giallo tuorlo, in fondo al quale pensavo di entrare in una stanza e trovarlo tra le braccia della madre, attaccato al seno. Invece ci fermammo davanti a un vetro, mio padre me lo indicò col dito: era in una culla di plexiglas, supino, le braccine piegate, l'espressione sgualcita di chi è appena venuto al mondo. Un Buddha biondo, rotondo come una mela. Bellissimo, angelico; faceva più male di una spinta data a tradimento.

Quando tornai a casa, mi chiusi nella mia stanza e rimasi sotto gli occhi di Elvis a succhiarmi il pollice fino a consumarlo, a sfondarmi il palato. Mia madre fece incursione, sedendosi sulle lenzuola bordate di pizzo. Non parlava mai male di mio padre, ma ripeteva che l'aveva abbandonata: non erano gli improperi, i protagonisti dei suoi monologhi, ma i dolori, distillati in brevi frasi che a volte finivano in pianto.

Di contro, odiava la sua nuova compagna: si erano conosciute da ragazze e abitavano nello stesso quartiere. Continuava a ripetere che le aveva rubato il marito, che da lei non se lo sarebbe mai aspettato, pareva che avesse spezzato una grande amicizia. La notizia dell'arrivo di mio fratello aveva intensificato il senso di abbandono. Spesso, tornando a casa la trovavo acquattata in un angolo a piangere. "Non tornerà mai più," sussurrava. A volte mi chiedeva di loro: mio padre e la madre di mio fratello. Come stavano insieme? Erano felici? Si amavano? Non parlavo mai della casa dove abitavano, non dicevo nulla di lei, quasi non avesse un corpo, un volto. Non raccontavo di mio padre, di come si relazionava al suo nuovo nucleo. Non cedevo di un millimetro, ero assolutamente consapevole che dirle qualcosa sarebbe stato come pugnalarla. Mi sottraevo. Avevo cominciato da piccolissima: era lo stesso movimento che avrei compiuto anni dopo con il Fisico. Assecondare la sua sofferenza, negare l'evidenza, cercare di proteggerla.

"Com'è?" mi chiese dal nulla una sera.

"Chi?"

"Tuo fratello."

"Biondo."

"E poi...?"

"E poi niente, non l'ho neanche toccato, era dietro un vetro."

"E come ti sei sentita?"

"*Nommale.*"

"Non male o normale? Levati il dito dalla bocca..."

"Normale."

"Normale, ma senti! Ti è nato un fratello e tu ti senti normale. Mia sorella quando sono nata ha tentato di uccidermi."

"..."

"L'arrivo dei fratelli è sempre un momento difficile per il primogenito."

"..."

"Sei tu la primogenita..."

"..."

"Dovresti tirare fuori quello che senti, invece di startene lì con il dito in bocca. Dovresti..."

"Dovrei..."

"Dire qualcosa..."

"Tipo cosa?"

"Qualsiasi cosa."

"Posso andare a dormire da Neracomelapece?"

*

La stanza di mia madre era triangolare. Bianca. Con una finestra ad arco che affacciava su Roma, inginocchiata sotto un cielo a volta. Confinava con la mia camera da letto. Quella sera il Selvaggio sedeva a gambe incrociate sulle lenzuola stropicciate, la sigaretta infilata dietro l'orecchio sinistro, la chitarra scordata tra le dita; lei leggeva "il manifesto" e io mangiavo l'uovo di Pasqua, cento per cento latte, sbriciolato in un coccetto. Aprii la bocca per darle fiato, senza pensare a quello che stavo dicendo: "Che buono, dovremmo chiedere al Playboy dove l'ha comprato".

Il Selvaggio diede un colpo alle corde, il giro di re s'interruppe bruscamente, lei abbassò il giornale per fulminarmi con gli occhi mentre le mandibole di lui scricchiolarono di rabbia. Fece per afferrarle un polso, ma lei ritrasse il braccio, velocissima, come una mosca. Restarono per un attimo a guardarsi come due animali. Lui sbavava, lei tremava. Fu un istante. Lei scattò verso la mia stanza e lui guizzò dietro di lei; mia madre corse per tutta la casa, ma non c'era scampo, non le venne in mente di serrarsi dietro una porta. Li seguii a passi stretti. Il Selvaggio la prese per i capelli e la buttò per terra, la rovesciò per mettersi a un centimetro dal suo viso e gridarle: "Troia, maledetta bugiarda!". Le colpì il viso con un pugno, tenendole bloccate le braccia con le ginocchia. Lui gridava. Lei piangeva.

Rimasi in un angolo, paralizzata.

Le parole imparate alla Mater Dei di colpo presero corpo, si riempirono di senso.

Mea culpa, mea culpa, mea maxima culpa.

*

Mia madre aveva un occhio nero e zoppicava. Lei e il Selvaggio non si parlavano più: trascinava una gamba salendo le scale, indossava occhiali scuri, lui girava al largo. Non disse nulla, non mi rimproverò per aver fatto il nome del Playboy, rimase ad appassire rintanata in casa, in attesa di guarire. Il tempo per le cartilagini del ginocchio di rinsaldarsi e per i capillari attorno al bulbo oculare di riassorbirsi, e le cose ripresero. Come? Con una battuta, delle scuse, un abbraccio? Chissà.

Le era chiaro che da quel giorno in poi l'avrebbe picchiata ogni qual volta la rabbia fosse montata? Non saprei rispondere. So solo che da quel momento l'unica cosa che desiderai fu prendere il largo. Ogni giorno andavo da Neracomelapece. Non c'era più da chiedere il permesso, uscivo da scuola e tiravo dritta verso Palazzo Savelli Orsini. Ero la quarta figlia di Tony, bionda, alta, muta. Mi mischiavo al disordine della loro famiglia, lavavo i piatti con Susy, mettevo in ordine con Neracomelapece quando dormivo lì, nel letto a castello, testa-piedi. La madre e Tony grugnivano nella stanza accanto, noi bambini ridevamo con le orecchie tese. Non essere soli cambiava tutto, la paura quando è condivisa si stempera. Entravamo e uscivamo dal bagno, sfogliavamo i fumetti alla velocità della luce, ormai eravamo assuefatte, aspettavamo che Tony andasse all'edicola, traghettasse nuove immagini. Ogni tanto avvistavamo qualche pagina strappata di un giornale porno tra i ruderi del Teatro di Marcello. Neracomelapece schiudeva le labbra, si avvicinava, io restavo lontana da quelle foto, mi spaventavano. Là, sotto i nostri piedi, c'era un mondo sconosciuto tutto sperma ed eroina.

I giorni si susseguivano, arrivarono altri fumetti, le stagioni cadenzavano la vita come un metronomo, assieme alle botte: quelle che incassava mia madre molto più violente e definitive rispetto a quelle che riceveva Susy. I colpi di Tony erano più tenui, continui e ripetuti come voleva il loro lessico famigliare. D'altronde Neracomelapece dava fuoco ai formicai, infilzava le cavallette con gli aghi, schiacciava le cimici tra l'indice e il pollice ("Senti come puzza!"). Aveva anche catturato una rana e l'aveva infilata nel cassetto del detersivo della lavatrice, poi si era seduta a gambe incrociate davanti all'oblò sperando di vedere i vestiti tingersi di verde. Era sadica, impenitente e profondamente selvatica. Tutta occhi e vibrazioni.

Quando l'Italia si fermò in apnea di fronte al pozzo in cui era precipitato Alfredino Rampi, Susy rimase incollata allo schermo con le mani al petto – le lacrime le scendevano copiose –, mentre Tony faceva avanti e indietro dalla portineria bestemmiando: gli si era rotta l'unghia del mignolo; invece Neracomelapece assistette all'inferno di Alfredino in piedi, le braccia incrociate, sbuffando. Partecipava, ma senza sentimentalismi. Io ero sulla stessa lunghezza d'onda di Susy: non riuscivo a pensare che un bambino come noi potesse essere ingoiato dalla terra senza salvezza. Con la madre della mia amica ci stringevamo sul divano, tendevamo le mani come cercando quella di Alfredino, Neracomelapece invece era fuggita in cortile, aveva acciuffato una lucertola e l'aveva sigillata in un barattolo. La sorpresi in bagno, aveva legato l'animale per la coda con uno spago e infine l'aveva calato nello scarico del lavandino. Poi, sfidandomi con lo sguardo, tagliò il filo, ghignando: "*Bye, bye*, Alfredino".

*

Lasciarsi picchiare, guarire, amarsi. Amarsi?

Non ho mai riconosciuto quell'assioma: amore, odio, riparazione che appartiene a certi amanti, per il semplice motivo che non ho mai pensato che si amassero. Eppure, perché mia madre non andava dai carabinieri? Non sporgeva denuncia? Non gridava "aiuto"? Perché non mi mandava da mio padre, invece di lasciarmi per giorni da Neracomelapece? Doveva essere lampante ai suoi occhi che anche in quella famiglia la violenza e l'abuso erano pratiche quotidiane. Non si vergognava, forse, mia madre? Io fluttuavo tra l'odio, la pena, il disprezzo. E la paura. Piangevo e mi nascondevo in camera ogni volta che il Selvaggio alzava le mani, mi infilavo nell'armadio e restavo lì aspettando che il temporale passasse. Aspettavo l'estate. Prendevo Pepe e lo torturavo di carezze, lo chiudevo tra i palmi, avessi potuto gli avrei tappato i timpani. Delle volte mi sfuggiva, non voleva essere imprigionato, ma io avevo bisogno di tenerlo vicino a me: era una specie di mantra, una salvezza. Occhi tondi come la sfera di una biro, sentivo il suo scheletro sotto le dita, il cuore che rimbombava nella piccola cassa toracica. L'aritmia.

Non c'era più una ragione ai pestaggi. Il Selvaggio impazziva, posseduto dalla rabbia prima ancora che esplodesse: la giornata iniziava grigia, lo vedevamo saltellare sul posto, BUM, BUM, BUM, eppure noi ce ne stavamo nel nostro guscio, attente a non far salire la pressione: silenzio, pace, quiete.

Lo schema era fisso: partiva dentro casa, lei fuggiva, lui la rincorreva, l'acciuffava, la gonfiava. Non mi toccava mai, io finivo nell'armadio, stringevo il mio criceto. Poi lui spariva per ore. Alle volte giorni. Alla fine tornava, dormiva sul divano, il tempo scorreva e si compiva la ricomposizione. Come facevano? Si immergevano in un abbraccio profondo? Parlavano? Lui supplicava il perdono? Lei aveva pena del suo sciagurato ragazzo? Era l'unico uomo al mondo che non l'avrebbe mai lasciata? L'appartenenza cos'è?

La prima volta che venne a casa mia, Neracomelapece lo guardò con certi occhi. Il Selvaggio le sorrideva, le fece la magia delle cento lire dietro l'orecchio, con le sue braccia di bambù e i deltoidi scolpiti: Neracomelapece rideva, le guance arrossate color albicocca, il petto gonfiato di un passerotto felice. Eh sì, Neracomelapece certe cose le sentiva, forti e chiare. Abbassava i suoi ciglioni di velluto e gongolava.

"È bellissimo, il Selvaggio," farneticò prima di andarsene. Salutò ancheggiando nel salone, tutto divani e specchi, una stanza mille volte più grande della sua casa, uno spazio esotico ma ambivalente, il teatro degli orrori. Poi sparì all'ingresso lasciandomi inebetita, trafitta dalla gelosia, in una giornata buia pesta.

Come iniziò la discussione tra loro? C'entrava la mia amica? Mia madre aveva sentito la minaccia nell'aria? Non me lo ricordo.

Ricordo che lui la caricò come un ariete, partì dal fondo della stanza correndo, la inchiodò con la testa nella pancia, lei alzò le braccia, gridò. Lui l'afferrò per i fianchi, la spinse fuori, sullo stretto terrazzino del piano di sotto che circondava la casa. Roma inginocchiata sotto un cielo a volta. La sollevò per le anche e la schiena di lei si rovesciò indietro, la colonna che si fletteva verso l'abisso, nel vuoto siderale di quegli otto piani.

Ero corsa nella mia stanza, avevo acciuffato Pepe e mi ero infilata nell'armadio. Avrei voluto gridare, ma non potevo. Se il Selvaggio si fosse accorto di me? Avevo la sensazione che mi risparmiasse perché fuggivo, diventavo invisibile. Il cuore fibrillava, tenevo il criceto stretto, strettissimo, le dita premevano, i palmi schiacciavano quell'esserino biondo che respirava a stento. Spinta in un angolo, nel buio assoluto, rannicchiata come un animale, per la prima volta mi ritrovai a digrignare i denti, le viscere, i pugni. Senza più controllo avevo stretto tutto quello che era in mio possesso. Avevo imparato la via della furia finendo per uccidere il mio mondo con le mie stesse mani.

Una donna bionda, un uomo appena uscito di senno, una bambina colpevole.

Mea culpa, mea culpa, mea maxima culpa.

Via Guido Banti 34
1986

Mi piacciono gli abbracci, la ricomposizione,
la fine della mancanza di qualcuno.

JONATHAN SAFRAN FOER

La Garufi mi aveva ascoltata tenendo un lembo della gonna tra le mani, probabilmente era scucito. Guardava me, poi si guardava il ginocchio, mentre il suo respiro fluiva nella stanza.

"Deve essersi sentita immensamente in colpa per la storia dell'uovo di Pasqua..." concluse. "Probabilmente stritolare il criceto equivalse a uccidere una parte di se stessa, e parimenti a uccidere la madre..."

"Come?"

"Intendo dire... non è un caso che lei lo abbia descritto come un esserino biondo."

"Il criceto?"

"E poi c'è suo fratello..."

Era la prima volta che raccontavo quella storia, mi era passata sulla pelle senza che l'avessi elaborata e ormai era parte della mia vita. Non mi ero neanche accorta di aver definito Pepe "biondo". Cominciavo a capire i diversi significati che una parola poteva assumere. Sentivo che l'inconscio non era uno spazio immaginario, ma un "luogo" preciso sedimentato nell'anima: premeva per uscire con la sua lingua cristallina. Quindi, aver ucciso il criceto significava... La testa mi girava.

Non avevo gli strumenti per seguire fino in fondo quel ragionamento.

"Che fine ha fatto il Selvaggio?" chiese la Garufi, ma subito dopo girò il piccolo orologio che teneva al polso per guardarlo e decise che ne avremmo parlato alla seduta successiva. "O forse potrebbe scriverlo, metterlo nero su bianco."

"Non è un sogno," protestai.

"Ma è un'occasione," ribatté congedandomi.

Scesi le scale di fretta, lo studio era sul Lungotevere, le macchine sfrecciavano velocissime, arrivavano come mandrie al galoppo, volevo solo attraversare la strada per scendere sugli argini, dove avrei trovato l'acqua e il suo lamento. Non riuscivo a ricordare se le strisce pedonali fossero a destra o a sinistra, girai la testa più volte e poi lo vidi: il Gigante era appostato poco più in là con le quattro frecce che lampeggiavano come la sua disperazione. Le cose non funzionavano da qualche mese, ma non ci eravamo detti una parola al riguardo. Lui però sentiva tutto. Come faceva a sapere che ero lì? Mi seguiva? Non mi aveva mai accompagnato. Avevo senz'altro accennato al fatto che la mia dottoressa (lui la chiamava così) fosse sul Lungotevere, ma non avevo specificato dove. Mi avvicinai e lo trovai al volante, aveva pianto. Gli occhi arrossati sembravano una ferita, disse qualcosa di incomprensibile tra i denti e quando allungai la mano per aprire lo sportello sgommò lasciandomi paralizzata in mezzo alla strada.

*

Il fatto che mia madre fosse andata a letto con Vinicio diede una spallata alla storia con il Fisico. Sparì anche lui, come il Gigante, ma prima aveva messo in discussione il contratto, puntualizzato sulle clausole. Il loro era un amore libero, certo, ma andare a letto con un amico non era ammesso. Era un comportamento deprecabile, che rompeva un patto non scritto. Avevano discusso al telefono per una settimana intera, poi lui si era dileguato: la punizione più grande che potesse infliggerle era l'assenza, e il desiderio di vendetta doveva essere immenso, levitava nel cielo di Roma come una mongolfiera. Chi aveva cantato? Mia madre? Vinicio? Ciascuno aveva temuto che l'altro raccontasse il fatto? Di sicuro, uno dei due aveva confessato giocando d'anticipo, sperando che all'ammissione seguisse il perdono. *Ego te absolvo...*

I posacenere traboccavano, il fumo era un velo attraverso il quale intravvedevo la sagoma sbilenca di mia madre ondeggiare da una stanza all'altra. Erano cinque giorni che non usciva, non mangiava, la sera pasteggiava a Belgioioso e nicotina, ingollava qualche pillola, abbracciata alla segreteria telefonica. Il telefono era muto come una chiesa. Non andai a scuola per rimanere a sorvegliarla, lei non protestò, non disse nulla, forse confondeva la notte con il giorno, voleva annullare il presente e precipitare nel passato, riscriverlo. Tagliai mele in spicchi che sistemai negli angoli della casa, nella speranza che passando di lì, nella confusione mentale, se ne infilasse uno in bocca. Il terzo giorno uscì dalla stanza con addosso solo la maglietta. Era magra e oscena. "Mettiti le mutande, mamma."

Avevo telefonato al Gigante, ma il padre aveva mormorato che non c'era. La sua famiglia somigliava a quella di Neracomelapece. Tre figli (di cui uno, la femmina, aveva un ritardo mentale), sopraffazioni, pajata e insulti racchiusi in sessanta metri quadri. Avevo riconosciuto subito tra loro un'appartenenza. La seconda volta che avevo telefonato, la madre aveva detto: "Nun lo so quanno ritorna". Era chiaro che cos'era accaduto, qualcuno doveva avermi avvistata con il Ragazzodoro. Aspettarmi sotto lo studio della Garufi era stato un ammonimento: dovevo considerarmi fortunata se non era sceso dalla macchina per strangolarmi. Lo immaginavo vagare per

Roma senza sosta e senza meta, fiaccato come un pugile suonato, con il sudore rappreso sulla pelle dopo il lavoro ("Mi faccio la doccia solo perché vengo da te," mi diceva con gli occhi socchiusi dal polline). Arrivava sempre verso le sei.

Scesi tutti i giorni ad aspettarlo, restavo ferma dietro la sbarra a respirare un po' d'aria, sperando che facesse ritorno senza aggredirmi. In fondo (io) non ero stata a letto con nessuno, avevo solo accettato un passaggio e immaginato di andare a una festa vestita di taffetà, con ai piedi scarpe di vernice nera, serrata al braccio di un ragazzo con un completo blu, che profumava di Badedas e non avrebbe osato baciarmi che al quinto appuntamento. Eppure mi sentivo colpevole, come mia madre. Studiavo la sua sofferenza come fosse un animale. Registravo i movimenti, assistevo ai collassi emotivi, prendevo le distanze dal vittimismo (questa parola l'avevo sentita da mio padre, anni prima), la guardavo con spirito critico. Se ai tempi del Selvaggio empatizzavo fino a somatizzare, a uccidere, ora mettevo a tacere ogni sentimentalismo, restavo lucida.

*

Il Ragazzodoro sfiorava quotidianamente la scuola (ero al secondo giro di quarto ginnasio), girovagava nella zona con i finestrini abbassati e le camicie a righine. Quando lo vedevo mi assottigliavo dietro a un *pilotis*: il quartiere della scuola era concepito come quelli progettati da Le Corbusier, con le case che se ne stavano sospese in aria, sorrette dalle colonne. Un luogo perfetto per seminare chiunque. Mi faceva fatica non lasciarmi trovare, eppure speravo si arrendesse. Volevo salvarmi la pelle. E salvare la sua. Mia madre si era rimessa in piedi ed era tornata sul set dei fotoromanzi, ma la sera piangeva e parlava per ore al telefono con la sua migliore amica. Diceva sempre le stesse cose, rivangava i fatti, li raccontava da diverse angolazioni come fosse una delle versioni di *Rashomon*, sezionava il passato.

Vicino alla segreteria erano apparsi nuovi romanzi sotto i posacenere: erano tutti di Milan Kundera. Ne avevo preso uno, *Il valzer degli addii*, poi il secondo, *Il libro del riso e dell'oblio*. Non capivo tutto, ma ero affascinata dai luoghi termali, da quei personaggi evanescenti con nomi stranissimi, Jakub, Klima, Tamina, che mangiavano palle di pane immerse in brodo di carne. In quei libri trovavo Praga, la Cecoslovacchia, amori lontanissimi, pieni di dignità e vergogna. C'era un passo che mi aveva folgorata, in cui Kundera raccontava il primo risveglio insieme di due amanti, spiegava che la donna aveva preparato la colazione e che quel gesto segnava uno spartiacque. Diceva che quello che accade nei primi giorni dell'amore è destinato a diventare una regola, che si sceglie insieme di rivestire un ruolo, nel bene o nel male, per sempre. Questa immagine mi aveva fulminata, l'avevo riscritta sul mio diario, prima copiandola testualmente, poi cercando le parole per ridirla. Leggevo Kundera a scuola, sotto il banco, sull'autobus, a casa. Chiesi alla professoressa di lettere se sapeva come avrei potuto recuperare l'indirizzo dello scrittore.

"Vuoi sapere dove abita Milan Kundera?"

"Sì."

"Perché?"

"Gli voglio scrivere una lettera."

"Una lettera? Perché non leggi l'*Eneide*, invece di Kundera?"

"Omero non mi piace."

"Omero?! Ti ribocciano, lo sai, vero?"

"Lo so, lo so."

Mia madre aveva capito che mi avrebbero respinta anche quell'anno? Lo ignoravo nella maniera più assoluta: ormai era precipitata nell'abisso, una parte di me pensava che non avrebbe più avuto risorse per recriminare. Era uscita di testa. Si faceva la coda di cavallo, passava ore da una cartomante, non portava più gioielli e andava a fare avanti e indietro sotto casa del Fisico. La fattucchiera le aveva detto di non perdere le speranze: con le mani aperte a stella su una tovaglia di sangallo, aveva respirato certe energie, letto i tarocchi, promesso un avvenire. Il Fisico, diceva, sarebbe tornato. Ma c'era bisogno di altri incontri per accorciare i tempi (chissà quanti soldi le spillava). Mia madre eseguiva gli ordini con una speranza rinnovata che le ravvivava il cuore, mentre io cominciavo a desiderare di incontrare il Ragazzodoro. Per questo un giorno sbucai da dietro una colonna, subito dopo essermi nascosta.

"Finalmente," esultò vedendomi, "sono giorni che ti cerco."

"Davvero?"

"Dai, sali... Ti do un passaggio."

"Non posso."

"Perché?"

"È meglio che non ci vedano insieme."

"Chi non ci deve vedere insieme? I calabresi, i massoni, il Vaticano...? Con chi te la fai?" rise.

Sprizzava innocenza da tutti i pori. Mi faceva venire voglia di sedermi accanto a lui e pensare che la vita fosse un affare semplice, un appuntamento con la felicità.

"Okay," decise dopo aver notato la mia perplessità. "Facciamo una cosa facile. Tu mi dai il tuo numero di telefono, io un giorno ti chiamo, ti metti una parrucca e andiamo a bere un tè freddo, che ne dici?"

"Un tè freddo?"

"Un frullato, un latte macchiato, un Martini?"

"Ti chiamo io, dammi il tuo numero."

"Wow! Sovverti le regole, ragazza. Mi piace!"

Misi nello zaino il biglietto con il suo numero e tirai dritto senza sorridere. Lui mi tallonò per un po', cazzeggiava, aveva un paio di Ray-Ban Wayfarer poggiati sulla punta del naso. Camminavo con le mani in tasca e mi sentivo gli occhi del Gigante sulla schiena, ero in bilico tra l'ilarità e il panico. Li separava un confine molto sottile.

"Vai via," lo supplicai. "Ti chiamo io, promesso."

Doveva aver letto la mia angoscia, perché si allontanò. La sua Peugeot verde scarabeo prese una curva e sparì. Tornai a casa a piedi, niente autobus, mangiai davanti al frigorifero, guardai la televisione senza togliermi la giacca. Rimasi immobile, come se dovessi uscire da un momento all'altro, per tutto il pomeriggio. Non ascoltai nessuno stimolo del corpo. Non accesi la luce. Rimasi immobile mentre il buio camminava sul pavimento. La segreteria telefonica si attivò due volte.

Un sospiro profondo.

Un gemito neutro (maschio, femmina?).

Mia madre sarebbe stata immensamente felice: pane per i suoi denti, segnali dall'aldilà.

Alle sei e qualcosa, suonò il citofono. Mi alzai e andai a rispondere: "Scendo," dissi.

Sapevo perfettamente chi era. Andai in bagno per fare pipì. Quando aprii la porta, me lo trovai di fronte. Non me l'aspettavo lì, mi prese in contropiede. Aveva una maglietta scura, a maniche corte: le sue grandi vene blu correvano sulle braccia, le mani chiuse, i bicipiti erano gonfi. La postura era fiaccata, come se la colonna fosse piegata. Gli occhi erano appassiti, ma scintillanti di rabbia.

"Non ci ho fatto niente," balbettai.

Lui alzò un braccio e mi agganciò il collo, mi spinse dentro. Arretrai nel vuoto finché non battei la testa contro la parete, un colpo netto che mi stordì. Quindi un secondo, più debole. Allora mi prese per il golf e schiacciò il viso sul mio, poi allentò la stretta: capivo che stava modulando la forza, il desiderio di uccidermi litigava con quello di risparmiarmi. Mi strattonò un paio di volte. Lasciai i muscoli morbidi, dovevo abbandonarmi e basta. Quando sentii la sua mano aprirsi, scivolai a terra. Mi accompagnò per tutto il viaggio. Alzai la testa per guardarlo: non scorderò mai i suoi occhi. La sua incommensurabile pena. Rimase dov'era, a fremere, piangendo. Poi si voltò, e uscì scaraventando la porta dietro di sé. Aveva scelto di salvarci. Il mio Gigante buono.

À l'attention de Monsieur Milan Kundera
Hôtel Raphaël
17 Avenue Kléber, 75116 Paris, France

Monsieur Kundera,
sono una ragazza italiana. Ho letto su una rivista che ogni tanto alloggia in questo albergo, dunque qui le scrivo (nella mia povera lingua). Volevo dirle che i suoi romanzi hanno illuminato la mia vita. Mi hanno fatto capire delle cose (sull'amore) importantissime. Grazie per ogni sua parola.
Devotamente.
Una sua giovane lettrice

Latino, greco e matematica. C'era punizione più grande? Rimandata senza speranze nelle materie che più odiavo al mondo. Perché non mi avevano bocciata direttamente?

"Per darle una chance," osservava la Garufi.

"Non la voglio, una chance."

"E cosa vuole?"

"Andare al liceo artistico."

"E sua madre, cosa vuole?"

"Il Fisico."

Era tornato. Dopo una sospensione temporale che l'aveva scossa come un terremoto, dopo l'insonnia, le sbronze, la perdita di sé, la cartomante, le magie, gli appostamenti, cinque chili di meno, il Fisico era riapparso. Con il freno a mano tiratissimo, ricominciarono a frequentarsi senza promesse. Obtorto collo, lui aveva accettato l'aggiunta nel contratto di clausole selvagge: il loro non era più un amore passibile di tradimento, bensì una liaison casuale e amichevole; eppure gli appuntamenti si erano riempiti di un'esplosiva carica sentimentale, mia madre era rinata sotto la stella della riconquista. Il conteggio era stato azzerato, l'infedeltà rimossa, si rimescolava il mazzo per una nuova mano. L'ultima?

Venni spedita da mio padre, come volevano le regole del divorzio, weekend alternati, due settimane d'estate, due natali, due pasque, due compleanni; poi a Porto Santo Stefano, dove il nonno mi dava ripetizioni di latino e greco con la solerzia di un caporale. Le mani gli tremavano dal nervoso, non riusciva a capacitarsi di quanto fossi digiuna di nozioni, ostinata all'incomprensione. Cercava la pazienza inspirando, socchiudendo lentamente le grandi palpebre sottili, ripeteva che le desinenze andavano semplicemente imparate a memoria e non comprese. Non avevo nessuna voglia di contraddirlo, speravo solo che il tempo si contraesse, e che tutto finisse il prima possibile. Ogni tanto telefonavo al Ragazzodoro dalla cabina. Era in vacanza sulla Costiera amalfitana con un gruppo di amici. Aveva il potere di farmi ridere, diceva che presto ci saremmo rivisti. L'avevano bocciato all'esame di Diritto privato per la terza volta: sembrava l'unico grande dato che ci accomunava, restare fermi nella stessa casella con il desiderio di rivederci. Nonostante le conversazioni con il Ragazzodoro, la nostalgia del Gigante era insopportabile, sbattevo contro la sua immagine ovunque. Mi mancava il suo corpo. Ero certa di averlo visto sulla sua Renault mentre mangiavo un gelato al porto: una ragazza bruna era seduta accanto a lui e aveva la testa rovesciata indietro, rideva a crepapelle. Chissà di cosa. Anche lui era in vacanza da quelle parti, poteva comparire da un momento all'altro.

"Che c'è?" mi chiese mio nonno.

"Niente, perché?"

"Avevi la faccia di una che ha visto un fantasma."

"L'ho visto."

"E chi era?"

"Un ragazzo che mi piaceva."

"Non ti piace più?"

"No."

"Perché?"

"Non abbiamo molto da dirci."

Rise. Chissà cosa immaginava di me. E di mia madre. La

vita dei nonni era meravigliosamente convenzionale e scandita da rituali ossessivi che lui osservava dando una ragione alla sua esistenza mentre la nonna sbadigliava, si sganciava la dentiera e leggeva Buzzati: *Un amore*. Io avevo appena finito *Anna Karenina*. Avevo dato alla protagonista il volto di mia madre, Vronskij invece aveva le fattezze di un cartone animato giapponese. Che ne sarebbe stato di Anna Karenina se avesse posseduto una segreteria telefonica? Leggevo sul bagnasciuga della Giannella e mi ingozzavo di pizza bianca. Quell'estate infausta avevo preso altri quattro chili e la notte, al buio, avevo ricominciato a succhiarmi il dito.

*

Il liceo artistico era una sinfonia di prefabbricati pieni di spifferi, la casa delle seconde scelte, dei perdenti, degli outsider. Una fiumana di ripetenti, autistici, punk scorreva nei suoi corridoi. Lo stesso valeva per i professori, vagavano da un'aula all'altra con la testa per aria, senza i registri, l'improvvisazione era il denominatore comune degli insegnanti. Ricicli del sistema dell'istruzione, supplenti di provincia. All'intervallo l'odore di erba si diffondeva dai bagni insieme a quello della pizza. I ragazzi ciondolavano all'esterno sull'asfalto grigio circondato da murales. Le materie principali erano: ornato (disegno di oggetti: la natura morta), figura (busti per il primo anno, poi modelle: donne del Nordest, tossiche) e architettura. Qualche ora di matematica e poi storia dell'arte, italiano.

Era l'America.

In tasca, oltre alla pillola, le Marlboro morbide (ero passata a sigarette più pesanti) e i lassativi, adesso avevo due matite e un temperino, il mondo finalmente mi schiudeva le sue porte. Non c'era competizione, autorevolezza o felicità da conquistare. Quella scuola era un'oasi di ritardi, grafite e gomma pane. Più di tutto, valeva lo sguardo. Il mondo del disegno coincideva con quello letterario, era il punto di vista che contava. Non le desinenze, le regole, gli assunti. Solo la soggettività e la tecnica. Disegnare mi piaceva, anche se non ne ero capace; avevo voglia di imparare. Stavo bene piegata sul foglio, adoravo le matite morbide, l'ombreggiato, ma il mio tratto era tutto spigoli e angoli. Virate improvvise. I compagni di classe non erano belli, eleganti o griffati. Soprattutto, non erano ostili. Legai subito con tre ragazze (tutte ripetenti), completamente diverse per provenienza e ambizioni: Laura, Giulia e Gabriella. Divenimmo inseparabili, un quadrilatero perfetto. Poi c'era Pantone, uno scricciolo che disegnava benissimo, faceva le caricature di tutti, tappezzava le porte dei bagni, i banchi, le pareti delle aule con i suoi volti stralunati.

Ma il personaggio più interessante della scuola era Gesù, il professore di modellato (creta o argilla). Lo incontrammo nell'aula della sua materia, muniti di spatole, coltelli, specilli, stecche, spugne e secchi. Arrivò con mezz'ora di ritardo, si era guadagnato il soprannome per i capelli lunghi e lisci e la barba incolta, di un biondo rosato, che ricordavano quelli di Nostro Signore. Indossava un completo liso color panna, si grattava spesso le guance scavate, aveva gli occhi pazzi: insabbiati di sonno, baluginanti di idee. Era il figlio di un famosissimo attore, portava il cognome del padre (che per noi non era nessuno, ma per i nostri genitori aveva fatto epoca). La prima cosa che disse fu che non avrebbe mai insegnato la sua materia. Il massimo che saremmo riusciti a produrre in un anno, cosa poteva essere? Una tazza di argilla? Un vasetto? Un posacenere?

"Chi se ne frega!" dichiarò. "Noi parleremo di alchimia, di Duchamp, di Piero Manzoni, di come è riuscito a trasformare la merda in oro, dei tagli di Fontana, dei Cretti di Burri, della *Melancholia* di Dürer... Noi faremo il giro del mondo, chiusi in questa stanza."

"Faremo storia dell'arte, quindi, prof?" sussurrò Gabriella, sardonica.

Nessuno rise, eravamo tutte innamorate, ipnotizzate dal suo fulgore, dalla sua bellezza, dalla drammaticità con la quale esponeva le sue teorie. Con una Gauloise senza filtro infilata tra indice e medio, ispirato e assoluto, faceva volare lapilli di sigaretta sul registro. Ogni tanto si assopiva. Oppure arrivava di pessimo umore, circumnavigava l'aula con il passo di un cane rabbioso, la camicia fuori dai pantaloni, la cerniera aperta. Non sapeva i nomi di nessuno, metteva a tutti otto politici, non segnava le assenze. Si faceva di eroina come una carogna, ma se lo beccavi nel giorno giusto manteneva la sua promessa degli esordi: giravamo il mondo, chiusi in quella stanza. Aspettavo le sue lezioni per tutta la settimana, insieme a quelle della professoressa di lettere. Mi era entrata nel cuore al primo incontro, e io ero entrata nel suo; era bastato raccontarle le mie letture perché spalancasse gli occhi su di me: eravamo entrambe sovrappeso, spettinate e innamorate di certi autori.

"Ma la poesia, non la leggi?"

"La poesia, no..."

"Allora iniziamo con Emily Dickinson, che ne dici?"

Mi pesaron, granello per granello
e bilanciarono fibra con fibra.
Poi mi porsero il prezzo del mio essere:
un solo sorso di cielo.

*

Mia madre aveva cambiato la registrazione nella segreteria. "Se volete lasciate un messaggio... il resto lo sapete..."

La voce era laconica, sensualissima, come quella di un call center erotico. Gli appuntamenti con il Fisico ora erano meno frequenti, ma prolungati. Dal giovedì alla domenica, una volta ogni due settimane. Erano andati a fare un weekend alle terme, mia madre era tornata estasiata, bollita dal sesso e dalle acque sulfuree. Non capivo se si fosse arresa, se avesse accettato quell'amore che ormai durava nel tempo, anche se non era esclusivo. Se da una parte sembrava essersi calmata, dall'altra continuava a monitorare la segreteria, a intercettare i messaggi, a inserirli in uno schema, a ragionarci sopra. Non aveva chiuso neanche con la cartomante, continuava a consultare i tarocchi. Tramava con il sorriso sulle labbra.

Mi aveva portata da Bice, la sarta che un tempo aveva assemblato i pullover per lei, per farmi fare due vestiti: il Ragazzodoro continuava a invitarmi a delle feste. Uno era di velluto nero con maniche a sbuffo di seta, verde smeraldo. L'altro di raso blu notte, con un ricamino di paillettes argentate sullo scollo. Li aveva disegnati lei, per me. Eravamo andate a comprare le stoffe da Bassetti, mi aveva regalato anche un paio di scarpe alte, nere, con un fiocco sulla punta. Ero innamorata dei miei abiti, di quell'inverno freddo, pieno di pace. Il Ragazzodoro era puntualissimo, galante, viveva circondato da boiserie: la sua casa era rivestita da legno di noce con venature miele, il circolo Aniene, di cui era socio, era invece di un massello scuro. Beveva gin tonic, mi offriva sempre il braccio come fossimo in un film degli anni quaranta. In passato aveva avuto un grande amore di cui ogni tanto mi parlava, Miriam. Me la fece vedere un giorno al circolo. Non credevo ai miei occhi: aveva diciotto anni, era magra, slanciata, aveva lunghi capelli sbionditi dal sole raccolti in una treccia, la pelle diafana, lo sguardo celeste. Sembrava una figura botticelliana, portava un filo di perle, pantaloni a sigaretta e un dolcevita nero. Raffinata, eterea, sognante. Miriam era la creatura più bella che avessi mai visto. Quella visione ebbe il potere di farmi innamorare del Ragazzodoro. Mentre una spina di gelosia mi si infilava nel fianco, il cuore si inorgogliva al pensiero che il mio corteggiatore avesse avuto una storia con una ragazza così straordinaria. Milan Kundera lo aveva detto: "Le donne non cercano gli uomini belli. Le donne cercano gli uomini che hanno avuto donne belle".

Mollai gli ormeggi, mi lasciai baciare al sesto appuntamento. Mi presentò i suoi genitori, una coppia attempata e serena, il padre avvocato, la madre casalinga: cattolici, devoti, sentimentali. Abitavano in un bell'appartamento su due piani, il Ragazzodoro e il fratello in uno, il padre e la madre nell'altro. Mi trattavano come una principessa. Il sabato mi invitavano spesso a pranzo, mangiavamo a una tavola apparecchiata con tutti i crismi, il caffè si beveva in salone. Poi i genitori riposavano, mentre il passatempo preferito del mio fidanzato era rubare la Jaguar del padre e fare il giro dell'isolato. Gli piaceva guidare a passo d'uomo quel bestione verde bottiglia con un giaguaro luccicante sulla punta del cofano: "Quando ci sposeremo, anche noi avremo una macchina così, vero?".

Ci sposeremo? Io per il momento aspettavo di fare l'amore, ma non accadeva: restammo per almeno un mese distesi su un fianco a baciarci. Ogni volta che mi mettevo in posizione orizzontale il fantasma del Gigante mi aggrediva da dentro, sentivo il suo odore nella carotide, vedevo i suoi glutei. Sbarravo gli occhi e osservavo il Ragazzodoro cercare il coraggio per slacciarmi la camicetta. Ingurgitavo i miei ricordi, tentando di abituarmi a quella normalità pacata e luminosa.

"Sei vergine, vero?" mi sussurrò in un orecchio.

Non risposi, mi alzai per andare in bagno. Ci volle un tempo infinito per arrivare a essere nudi, poi fu come entrare in una poesia di Pascoli, era tutto un cinguettare di uccellini e rintocchi di campane. Mi pareva che nella vita bisognasse scendere inevitabilmente a compromessi: di un uomo, si amava il corpo o la testa. Non si potevano avere tutti e due. (L'amore di mia madre per il Fisico era chiaramente un'eccezione, e infatti i risultati si vedevano.)

Andavo a scuola in tuta, durante la ricreazione fumavamo uno spinello (Laura girava con interi panetti di fumo), disegnavamo ridendo; pranzavo sola, studiavo poco, mi cambiavo di tutto punto e uscivo con il mio fidanzato. Indossavo décolleté scamosciate e borsette di Furla, gonne al ginocchio, orecchini a cuore, camicette a fiori, dimostravo sessant'anni. Bevevo il tè alle cinque e mezzo in un bar che si chiamava il Parnaso, Mustafà era il nostro cameriere, foraggiato da laute mance e sorrisoni. Nel weekend andavamo a pranzo al mare oppure in qualche trattoria di campagna, il Ragazzodoro aveva un giro di amici, tutte coppiette, che frequentavamo con grande entusiasmo. Giocavamo a scala quaranta e a ramino, bevevamo amaro Averna con un cubetto di ghiaccio. Andavamo alle feste al circolo e ogni tanto a ballare in discoteca. Una sera finimmo al Piper. Mentre ci agitavamo in pista come due cherubini, vidi il Seppia, uno degli amici del Gigante: era sbucato da dietro una colonna e adesso mi osservava a braccia incrociate. Poi fu la volta di Fileccia, che avanzò tra la gente con lo sguardo di De Niro in *Taxi Driver*. Era completamente scollato dalla realtà. Si avvicinò e dondolando diede una spallata al Ragazzodoro.

"Lo sai chi è questa?" gli chiese.

"Oh, ma sei scemo!" rispose lui, smarrito.

Il Seppia gli girò attorno a passo lento, un leone in gabbia.

Mi guardai in giro, c'erano altri ragazzi del bar nella sala, la luce stroboscopica cadeva intermittente su di loro.

Presi le mani del mio fidanzato, gli parlai vicina e svelta. "Io devo andare via..."

"Come?"

"Devo correre a casa."

"Perché?"

"Mi sono venute le mie cose."

"Ah, okay." Mi guardò perplesso.

"Mi devo cambiare," insistetti.

"Andiamo, allora..."

Lo tirai per il braccio, sentendomi come in una scacchiera: vedevo tutti i pezzi sparpagliati attorno a me, alfieri, torri, cavalli. Il Gigante non c'era. Uscimmo, io affrettavo il passo e il Ragazzodoro mi stava dietro con solerzia, la macchina era dall'altra parte della strada e il Seppia dietro di noi.

"Fammi guidare..." gli sussurrai.

"Cosa?"

"Ti prego, fammi guidare..."

"Sai guidare?"

"Non ci vede nessuno."

"Ma perché vuoi guidare?"

"Perché sì," gli risposi strappandogli le chiavi dalle mani.

Attraversai la strada e salii in auto, accesi il motore e ingranai la retromarcia, il Ragazzodoro si accomodò sul sedile con un fotogramma di ritardo, era stupito e spaesato. Imboccai via Po alla velocità della luce e mi infilai nei sottopassaggi con i fari spenti, filavo in terza schiacciando l'acceleratore a tavoletta.

"Ma sei impazzita, così ci arrestano!" balbettava lui.

All'inizio di via Veneto voltai verso Trinità dei Monti, la notte romana era deserta, abbandonata. Sgommai davanti all'Hotel Hassler e poi, superata Villa Medici, svoltai a destra in contromano, accesi i fari e gli abbaglianti, e corsi sulla salita. Spensi la macchina all'altezza della Casina Valadier, sotto un albero basso dalle fronde ampie. Tirai giù il sedile e respirai.

"Metti giù lo schienale," gli dissi.

"Perché?"

"Perché è romantico," mentii, il cuore nelle tempie.

"Chi ti ha insegnato a guidare così?"

"Mia madre."

"Davvero?"

"Davvero."

*

"Io credo sia arrivato il momento di salutarci."

Lo annunciò subito dopo essersi seduta, accompagnando la gonna con la mano. Rimasi senza fiato. Provai la stessa identica sensazione di quel giorno, allo zoo, quando mio padre su una panchina mi aveva detto: "Io e Emme aspettiamo un bambino".

La fine dell'analisi era stata anticipata, esattamente come l'arrivo di mio fratello: la Garufi l'aveva scorta nei miei sogni, suggerita durante le sedute precedenti. Aveva sottolineato che uno stato di benessere generale era arrivato nella mia vita. La scuola nella quale finalmente mi ero integrata, il fidanzamento con un ragazzo più a modo, mia madre che pareva essersi arresa allo stato di fatto con il Fisico (in pratica, la Garufi aveva due pazienti in un solo corpo). Eppure, sentirle dire che la nostra analisi era arrivata alla fine aveva avuto lo stesso prorompente effetto dell'annuncio di mio padre. La mandibola ingessata, il pianto che montava come una marea, l'intestino che cedeva. Erano notizie che investivano il mio corpo, lo scuotevano come un'aggressione.

Se mi lasciava andare significava che ce l'avevo fatta, ragionavo cercando di ricacciare indietro il dolore. Oppure non aveva capito nulla di me. In entrambi i casi, dovevo solo alzarmi e salutare. Ma non riuscivo a muovermi.

"A cosa pensa?"

"Mi dispiace andare via."

"Abbiamo fatto un bel pezzo di strada."

"Sì..."

"E poi lei ha il suo quaderno, la scrittura..."

"Sì..."

"La scrittura è un luogo di salvezza. Una casa."

Il punto era questo. Avevo sognato una casa che mi apparteneva e basta, senza stanze, terrazzi, cantine, sottoscala sconosciuti, come avevo sognato in passato. C'era una casa, ed era la mia. La Garufi aveva insistito sul senso di quel sogno per più incontri; il mio inconscio aveva segnato il confine della diserzione.

"Ho scritto a Milan Kundera," le raccontai.

"Che bel proponimento."

"Non è un proponimento, è un fatto."

"Giusto. E cosa gli ha scritto?"

"Che i suoi libri mi hanno illuminata sull'amore."

"Cosa l'ha illuminata esattamente?"

"Uno racconta la storia di due amanti. Dice che, nei primi giorni, ognuno assume un certo comportamento, e da quello non si muove più..."

"Non vale solo per gli amanti," mi fece notare lei.

"Ma Kundera parla di un uomo e una donna."

"Avrebbe potuto parlare anche di una madre e una figlia."

"Lei vede un'inversione di ruoli?" le domandai, rendendomi conto di aver imparato la sua lingua.

"Sì."

"..."

"E una madre omissiva."

"Omissiva? Non fa che parlare di sé..." ribattei.

"L'omissione non ha nulla a che vedere con l'includere gli altri nelle proprie vicende. E non è necessariamente un male. La verità non esiste."

"Davvero?"

"Davvero..."

"E che altro vede?"

"Una ragazza forte e salda."

Non mi sentivo forte, e meno che mai salda, ma quello era il giorno dei commiati, era evidente che doveva lasciarmi con una frase incoraggiante. La guardai negli occhi, non lo facevo mai perché avevo soggezione, e per trovare la forza di aprirmi sfuggivo con lo sguardo. Adesso però volevo piantarmi il suo volto nella memoria: sapevo che non l'avrei mai più rivista. Il profilo austero, il capo inclinato in segno di ascolto, quella penombra soffusa e perfetta emanata dall'abat-jour. Pensai che avrei finito per sgualcire la sua immagine, a furia di osservarla. Mi feci forza e mi alzai, indugiando con lo sguardo anche negli angoli della grande stanza bianca affacciata sul Tevere. Conoscevo la strada. Come la prima volta, sull'uscio ci stringemmo la mano, poi lei aspettò che le girassi le spalle e richiuse la porta. Le analisi finiscono tutte allo stesso modo. Ma questo ancora non lo sapevo.

Ero sicura che una volta uscita avrei pianto, lasciando andare tutto quello che avevo trattenuto negli ultimi minuti della seduta. Invece camminai con il passo disteso e i pugni in tasca, ripensai alle parole della Garufi. L'inversione dei ruoli. L'invito alla scrittura: quante volte mi aveva ripetuto di provarci. Ripensai alle sue mani sottili, alle unghie sempre laccate. Ai capelli ramati. Ai piccoli denti che si intravvedevano nella bocca rossa.

Arrivai a casa tardi, persi tempo nei pressi del fiume. Feci fatica a risalire la collina, ero fiaccata dalla lunga camminata. Mi chiesi se ero davvero in grado di scrivere. Di cosa, poi? Quando entrai trovai mia madre ai fornelli: "Faccio la pasta al pomodoro," annunciò. Non pensavo fosse lì. Tirai le chiavi sulla console nell'ingresso, mi tolsi le scarpe, il piumino, e poi la raggiunsi. Nella stanza gorgogliava il soffritto, lei era con il cucchiaio di legno in mano, un grembiule legato in vita. Sembrava fosse stata sempre lì, a prepararmi la cena, ad aspettarmi felice mentre l'acqua per la pasta bolliva.

"Che c'è?" mi chiese appena mi vide.

"La mia analisi è finita."

"Bene! Non sei contenta?"

Feci una smorfia per ricacciare indietro la commozione, lei lasciò immediatamente il cucchiaio e mi raggiunse in quattro passi velocissimi. Mi abbracciò di slancio, con enfasi e trasporto. In un attimo gli argini cedettero, cominciai a singhiozzare senza più riuscire a respirare. Lei mi tenne forte, mi baciò la fronte, si mise a dondolare sul posto, e mi disse: "Amore, per carità, piangi, sennò la volta dopo piangi il doppio".

*

Ogni tanto andavamo in centro, io e mia madre. Di rado, perché in quel quartiere sulla collina si riusciva a trovare tutto, come in un villaggio di lusso, pieno di boutique e negozietti, con un piccolo supermercato, il giornalaio, il bar. Camminavamo in via dell'Orso, era quasi Natale, la gente sgomitava nelle vie, le vetrine splendevano, le lucine degli addobbi brillavano nella sera. Procedevamo una di fianco all'altra, persuase di voler affrontare la folla per comprare un panettone tutto burro e uvetta – per sedurre il Fisico –, quando improvvisamente mia madre mi strinse la mano forte, molto forte. E si bloccò. La guardai e vidi che si era come congelata, in un secondo sembrava che il sangue avesse smesso di fluirle nelle vene. Seguii la traiettoria del suo sguardo agghiacciato e scovai in mezzo alla gente la causa di quella paura: il Selvaggio. Avanzava verso di noi, vestito leggero (nonostante il freddo), aveva la testa piena di dreadlock. Erano anni che era sparito dalle nostre vite e per quel che ne sapevo non abitava più in Italia, ma in Indonesia. Col cuore in gola, osservai il volto di mia madre farsi di pietra. La tirai sentendo che faceva resistenza: aveva messo le radici nella terra proprio quando avremmo dovuto sgombrare il campo. Feci forza con la mano per indurla a deragliare a sinistra, dentro un portone tipicamente romano, privo di anfratti. Rimanemmo immobili ed esposte, accanto a un arco di legno, come se la presenza del Selvaggio avesse serrato le possibilità di azione, il moto del corpo, l'andamento del mondo.

Teneva per mano una ragazza mora e slavata. Era la sorella di Maja? Le somigliava moltissimo.

"Sembra..." sospirai.

"Sì, è vero," replicò mia madre.

Lui voltò la testa verso di noi, ma non ci vide. Sorrise, gli mancava un dente. Teneva la donna sottobraccio, camminava in quel modo, il suo modo. Noi ci addossammo al portone, appiattite sotto l'arco, sperando che i nostri capelli biondi si confondessero con il legno, due camaleonti impauriti. Restammo ferme più del dovuto e ricominciammo a respirare piano solo quando fummo certe che fosse sparito, come se ci volesse tempo per ingoiare l'aria in cui lui era passato. Fu lei a decidere di muoversi. Partì con le spalle incassate, filammo verso la macchina, niente compere, era tempo di rientrare. Aprendo lo sportello le chiesi: "Ma Maja aveva una sorella?".

"No."

"Come è morta? Non me lo hai mai detto..."

Sbatté la portiera e mise la sicura. Accese il motore. Non rispose.

"Perché non me lo dici? Ormai ho sedici anni..."

"Non sono così tanti, sedici anni."

"Sono abbastanza..." insistetti.

"Davvero?"

Si voltò per osservarmi, neanche fosse la prima volta che mi vedeva. Sembrava saggiasse la mia persona, soppesando la mia esperienza. Inspirò, e poi si decise: "Di overdose, povera ragazza...".

*

"Che fine ha fatto il Selvaggio? Forse potrebbe scriverlo, metterlo nero su bianco."

"Non è un sogno."

"È un'occasione."

Potevo davvero metterlo nero su bianco?

*

Maja era apparsa in via del Pellegrino: erano i tempi dell'incanto, quando la relazione tra il Selvaggio e mia madre era un gioco bislacco che si trastullava nella novità e la violenza non era ancora cominciata. Jugoslava, giovanissima, la pelle bianca come una saponetta, aveva avuto una storia con il Selvaggio, una storia che non sembrava somigliare a un grande amore ma piuttosto a un'avventura, da cui, come un imprevisto, era nato un bambino, Miloš. Un anno vennero a trovarci proprio per Natale. Mia madre li sistemò nella stanza degli ospiti. Maja e Miloš erano il giorno e la notte, lei di alabastro, lui mulatto come il padre, lei disinibita, aperta, desiderosa di comunicare (nonostante non parlasse una parola di italiano), lui chiuso, timidissimo, con grandi occhiali quadrati dalla montatura di osso. Spartivano la giovinezza, lei aveva poco più di vent'anni, Miloš sei. Io ne avevo nove, eppure pareva impossibile avvicinarsi: da una parte non parlavamo la stessa lingua, dall'altra eravamo entrambi imbrigliati in altri mondi, incapaci di relazionarci. Eravamo bambini imprigionati.

In quei giorni la casa si riempì di gente, complice il Natale, ma anche la presenza dei due ospiti, che confusi tra la gente venivano depotenziati nella loro essenza. Mia madre si prodigò in cucina, ci spostammo tutti nel salone al piano di sopra e passammo giornate inconsistenti tra gli amici, con un abete di plastica carico di luci, giocando al mercante in fiera, mangiando datteri e noci, guardando attraverso la grande vetrata Roma che gelava. Miloš stava seduto in un angolo. Il Selvaggio non aveva nessuna premura nei suoi confronti, e Maja altrettanto: non degnava il figlio di uno sguardo. Restò vestita di nero per una settimana consecutiva, con i capelli tinti color prugna che le arrivavano alla vita. Ballava, mangiava, si assopiva e parlava con chi le capitava a tiro in un inglese incerto e pieno di speranze. Finite le vacanze, sparirono dalle nostre vite. Lo slancio di mia madre verso quella ragazza giovanissima fu uno degli elementi che mi portò a concludere che non fosse davvero innamorata del Selvaggio. Non che il mio ragionamento avesse una logica, eppure vederla trattare Maja con tanta disinvoltura mi fece presumere che lei, il Selvaggio, non lo amava. Ma allora perché quando era iniziato l'inferno non si era disfatta di lui?

C'erano state delle fughe. Una volta, mentre io ero da mio padre, aveva raggiunto sua sorella in Sardegna, ma il Selvaggio era riuscito a riacciuffarla e a riportarla a casa. Una sera aveva chiamato la polizia, ma quando era arrivata lui era sparito come un fantasma. Senza residenza, latitante e velocissimo, aveva preso il volo per fare ritorno qualche giorno dopo: aveva le chiavi di casa. Mia madre blaterava che avrebbe potuto denunciarla per la storia del lavoro in nero, conosceva tutte le lavoranti, i negozi a cui vendeva i pullover, i suoi segreti professionali. Eppure, quella teoria non mi persuadeva: davvero accettava di farsi picchiare perché temeva una multa?

Alle botte seguivano sempre le stesse sinusoidi – il silenzio, la distanza, infine il perdono. D'estate le cose si alleggerivano, andavamo in vacanza dai parenti del Selvaggio, a Putignano. Aveva una sorella, Bruna, e un fratello, Angelo: tra la madre etiope e il padre italiano, aveva vinto quest'ultimo sull'assegnazione dei nomi. Quando entrambi erano morti, i due figli rimasti in Puglia si erano integrati nella vita di quei luoghi. Erano lavoratori con grandi famiglie piene di bambini e un tetto coniugale sotto il quale consumare l'avvenire. Il Selvaggio era la pecora nera, lo spirito libero che aveva affidato il suo futuro alla bellezza e alle sorprese dei giorni; in quelle estati, la presenza dei fratelli nutriva il suo disagio, e probabilmente allo stesso tempo si sentiva accolto, smetteva di ringhiare. Forse per questo mia madre lo seguiva in quelle case sovraffollate, dove si bolliva la salsa al pomodoro (ma mai con le mestruazioni), dopo il pranzo si sfioriva per ore sui divani, si faceva il bagno in spiagge tempestate di ombrelloni, plastica e polpette al sugo (e pedofili, cazzo!).

Un'estate, però, i programmi erano cambiati. Nel mese di luglio io ero andata in vacanza al Circeo con mio padre, Emme e mio fratello. Mi era presa una leggera alterazione, che non passava mai: trentasette e otto, e nove. Il malanno aveva la funzione di proteggermi dal presepe felice che si mostrava ai miei occhi sgomenti. Ero rimasta per giorni in una dépendance insieme a mia nonna paterna, Ida. Facevamo le parole crociate e leggevamo romanzi di Agatha Christie, guardavamo il profilo del Monte Circeo, accanto al quale si stagliava una luna trasparente. Era venuto un medico a visitarmi e aveva detto che ero disidratata, dunque avevo passato altri giorni a scolare intere bottiglie di acqua liscia, mentre mia nonna stendeva le carte sul lenzuolo azzurro: la canasta era la sua grande passione. Prima del tempo deputato, era arrivata mia madre. Veniva a strapparmi dalla febbre, o cosa? Ricordo che mio padre mi aveva accompagnata al cancello della villa, lei mi aspettava in piedi, il Selvaggio era al volante, la Lada Niva era stata lavata. Mi ero sdraiata sul sedile posteriore, dai finestrini entrava un'aria bollente: era un'estate diversa e intemperante. Mia madre mi aveva detto: "Cerca di dormire più che puoi, sarà un lungo viaggio". Ero certa che la nostra meta fosse la Puglia, e chiusi gli occhi aiutata dal torpore della febbre che non mi lasciava da giorni. Quando mi ero svegliata, la prima cosa che avevo avvistato erano stati dei cartelli scritti in una lingua incomprensibile. Ci stavamo inabissando in una città sconosciuta, piatta, color latte, povera e pulita. Non era Foggia, non era Putignano.

"Dove siamo?" avevo chiesto.

"A Zagabria," mi aveva risposto mia madre.

"Perché?"

"Maja è morta, siamo venuti a prendere Miloš."

*

La cosa che mi rimase addosso di Zagabria fu una grande vetrina nella quale c'era una piccola testa di polistirolo e accanto, sgualcita e bruna, una parrucca: era un salone di bellezza. È uno di quei ricordi che si cristallizzano nella memoria per la loro sensazionalità. Cosa resta imbrigliato nella mente, come si sedimenta un'immagine del passato, è una domanda che mi perseguita da sempre. Dunque, quello è il ricordo più nitido dei quattro giorni che passammo in un albergo spoglio, in una stanza con tre letti singoli in ferro battuto, e poi in casa dei genitori di Maja, i nonni di Miloš. Erano vecchi, somigliavano a due merli, piccoli, scuri, inseparabili (si vedeva lontano un miglio che avevano spartito tutto in una vita e che sarebbero sopravvissuti alla morte della figlia tenendosi per mano), abitavano in un appartamento interamente rivestito di legno e moquette arancione, un luogo ombroso, pieno di acari e rituali. Nessuno riusciva a comunicare, eravamo tutti intrappolati in lingue lontanissime e volontà distinte.

Davvero il Selvaggio era andato a prendere il figlio? Davvero i Merli avevano considerato per un attimo l'ipotesi di affidargli il nipote? Come era morta Maja? Nessuno ne faceva parola. Forse mia madre aveva sbagliato a rispondermi: non eravamo andati a prendere Miloš, eravamo andati a trovarlo. Perché così si era risolta la questione. Quattro giorni di asfittico silenzio, in giro per una città piegata dalla miseria e dal vento caldo, con un bambino orfano di fresco, che non piangeva mai e guardava suo padre con gli occhi pieni di meraviglia. Camminavamo e mangiavamo in delle tavole calde, per poi, la sera, tornare dai nonni a riconsegnare il bambino. Mai una parola, un sentimento. Miloš mi spaccava il cuore in due. Non riuscivo a pensare che avesse perso la madre, non capivo come potesse continuare a respirare e a muoversi, dopo quello che gli era successo.

Eravamo partiti di mattina, non prima di essere passati a salutare i Merli e il bambino. Il Selvaggio si era seduto sui talloni e per la prima volta aveva abbracciato il figlio, che era rimasto come un alberello con le braccia lungo i fianchi e, una volta libero, si era risistemato sul naso gli occhiali di osso. Poi era stata la volta della nonna, con cui si erano dati la mano, e infine del nonno, che aveva abbassato lo sguardo sul Selvaggio e gli aveva dato una mazzetta di banconote. Si stava comprando il nipote? La sua salvezza? Chissà. Non ho una risposta, anche se la storia delle banconote – liberarsi del Selvaggio attraverso i soldi – era un'immagine lampante, che mia madre avrebbe dovuto cogliere al volo.

*

Mia madre aveva messo a punto un piano. Me lo aveva comunicato in Puglia, era l'estate del 1983, il Selvaggio era distratto dai fratelli. Con le gambe sul bagnasciuga, le mani affondate nella sabbia infuocata, mi aveva sussurrato: "Fra tre giorni io e te torniamo a Roma. Lui resta qui un'altra settimana. Appena arrivate prepariamo le valigie, andiamo in una casa nuova. È piccola, ma molto carina. Abbandoniamo via del Pellegrino, svuotiamo tutto, non ci troverà mai". Aveva intrecciato le dita alle mie, e mi aveva fatto l'occhiolino. "Stai attenta, non una parola." Non potevo credere alle mie orecchie. Davvero era riuscita a fare tutto questo? Lottava per la libertà? La mia, la sua. L'avevo abbracciata senza dire nulla, poi ero rimasta in silenzio, cominciando ad arrovellarmi sui dettagli. Avrei dovuto lasciare la mia scuola? (All'epoca ero in seconda media.) I miei amici? Neracomelapece? (Che era sopravvissuta nella mia vita dai tempi delle elementari.) Il mio primo fidanzatino? (Avevo passato l'ultimo anno baciandolo senza mai respirare.) Che ne sarebbe stato della terza media, le relazioni, il mio piccolo pianeta che avevo conquistato a morsi? Dov'era la nuova casa?

Avevo chiesto tutto appena eravamo salite in macchina, mia madre aveva una risposta per ogni domanda. Non voleva cambiarmi scuola, prometteva che mi avrebbe tenuta al mio posto fino alla terza media. Il nuovo quartiere era lontano, a nord della città, la casa era confortevole, avremmo iniziato una nuova vita. Quel viaggio era stato indimenticabile: mi era parso improvvisamente che tutti quegli anni di silenzio e assenso al delirio fossero spazzati via in un sol colpo. Lei non era più una vittima sacrificale, ma un'eroina scaltra e veloce, una donna tutta d'un pezzo, una madre che salvava se stessa e sua figlia dalle violenze domestiche, con quattro inverni di ritardo e centinaia di ceffoni scolpiti sulle guance eppure ce l'aveva fatta, ci stava mettendo in salvo.

Eravamo arrivate la sera, stanche e accaldate. Avevamo dormito insieme, una cosa che non accadeva mai. Ero eccitata e felice. La libertà era a un soffio. Il mattino dopo erano arrivati i traslocatori, cinque bisonti che avevano infilato l'intera casa in degli scatoloni, appendevano i vestiti in apposite scatole-armadio, imballavano libri alla velocità della luce, incartavano posate, piatti e scodelle grazie a un'articolata catena umana, mentre io scrivevo sulle scatole di cartone cosa contenevano. Ci erano voluti due giorni. Tre camion, due dei quali erano partiti verso una direzione misteriosa, nella casa nuova entravano poche cose. Avevo guardato il grande appartamento disabitato, segnato dalle nostre presenze: gli aloni dei quadri, i fori delle applique, le sagome dei mobili appoggiati alle pareti, una porta sfondata da un gancio che le aveva assestato il Selvaggio un mattino, per risparmiare mia madre. Sentivo una strana beatitudine che seppelliva una vena nostalgica. Quel trasloco definì un sentimento che sarebbe tornato *ad libitum*: andare via significa rinascere. Ricordo l'esaltazione di attraversare Roma seduta accanto a uno dei Bisonti, in alto, sul camion. L'arrivo sulla collina che somigliava a un mondo finto, un Truman Show: il condominio con la sbarra, quelle palazzine moderne e identiche piantate nel suolo come panchine, equidistanti e pulite, le aiuole piene di fiori, il portiere in divisa che salutava.

L'appartamento era piccolo, una mansarda bianca, al quinto piano. Via Guido Banti 34 era una casa di bambole perfetta per noi, una madre e una figlia. I Bisonti avevano incastrato il divano, posizionato i due letti, un cassettone, il tavolo da pranzo e cinque sedie, ci avevano salutato dietro una torre di scatoloni e augurato buona fortuna. Eravamo stanche e libere. Fuggiasche invincibili. E anche quella notte avevamo dormito assieme, come se la prossimità ci aiutasse a cavalcare l'euforia; vicine e vibranti, ci addormentavamo osservando dalla portafinestra il profilo di una luna che sembrava vegliare su di noi. Per tre giorni ci eravamo svegliate all'alba, avevamo riposto le cose negli armadi: la biancheria, i vestiti, i libri sulle mensole, i bicchieri in cucina; avevamo camminato per il nuovo quartiere alla scoperta di tutto e mangiato fuori, poi eravamo passate davanti al bar dove un giorno avrei incontrato il Gigante, avevamo comprato viti, Scottex, un trapano. E una segreteria telefonica. *Quella* segreteria telefonica. Si era attivata la terza sera della nostra *Vita nova*, mentre mia madre arrampicata in cima a una scala tenuta da me avvitava una lampadina.

"Ciao, sono... la vicina di via del Pellegrino, Mena. Mi hai detto che se ci fosse stato qualche problema potevo chiamarti, il punto è che... Vedi, non so come sia successo ma, be', c'è stato un incidente. Oddio, non so se definirlo un incidente... A ogni modo, abbiamo trovato il Selvaggio al piano di sopra, la vetrata del terrazzo è andata in frantumi e lui è ferito. Ha tagli dappertutto, e credo si sia rotto il bacino, lo hanno portato al Santo Spirito. Non ho detto nulla, non gli ho dato il tuo numero, perché tu mi hai chiesto... però insomma... ecco, la situazione è piuttosto grave. Richiamami appena senti il messaggio..."

*

L'aveva portato a casa e l'aveva messo nel mio letto, dopo due settimane di degenza in ospedale. Quando aveva scoperto l'appartamento disabitato, il Selvaggio si era lanciato contro la vetrata. L'uomo Cannone aveva vinto. Lei lo teneva incarcerato nella stanza, gli portava il cibo, mentre lui fumava immobile inchiodato dalle sue anche spaccate. Noi dormivamo assieme, private di ogni speranza. L'estate finiva senza sogni, la casa bianca e immacolata non profumava di futuro, era solo piccola e angosciante come un film di Mario Bava. La bestia non ringhiava, stava nel suo antro in attesa di guarire, in letargo, nonostante la bella stagione. Un giorno aveva messo un piede fuori dal letto, poi il secondo, si era fatto una doccia, le ossa sporgenti del Cristo del Mantegna, tutto ossa e occhi bassi, aveva annusato quel perimetro piccolo, che avevamo scelto per liberarci di lui. Pisciava sugli angoli, lasciava gli odori, segnava il territorio. Perché mia madre non lo aveva abbandonato lì, in ospedale? A morire...

La mia fiducia in mia madre vacillava, la notte le giravo le spalle, non le parlavo più. La mattina attraversava la città per portarmi al ghetto: la terza media era iniziata, con i suoi ritmi routinari, e la mia classe composta interamente da ragazzi ebrei, a eccezione di me, Neracomelapece e altri due; il sabato mettevano tutti la testa sul banco, era il giorno del riposo, e venivamo interrogati solo noi: atei, cattolici, agnostici. Il mio fidanzatino mi aspettava all'uscita, faceva la prima superiore nell'istituto accanto, geometra, mangiavamo un pezzo di pizza bianca in tutta fretta per poterci toccare subito con la lingua, si agganciavano solo le bocche. Seduti sul bordo della fontana di piazza Mattei, rimanevamo attaccati per le labbra. Poi rientravo a casa, varcavo la sbarra, facevo ritorno nell'altro mondo. Mia madre e il Selvaggio non si parlavano, lui mangiava solo in cucina, noi al tavolo di vetro, con le pagliette di vimini e la morte addosso. Poi "il martire" aveva preso a uscire, come se quella casa fosse un albergo: lei non fiatava, restavamo immobili come porcellane di Meissen su una mensola. Cosa sarebbe sopraggiunto? L'aria era asfittica, tesa, impossibile. Cos'altro avrebbe fatto l'uomo Cannone? Una cosa dissacratoria.

Autunno inoltrato. Era tornato con un paio di scarponcini sporchi di terra. Ci aveva trovate a cena, imbambolate con lo sguardo nel vuoto, si era scusato sull'uscio, si era pulito sullo zerbino. Stava per andare nella sua stanza (la mia) quando era accaduto di nuovo. All'improvviso gli si erano infiammati gli occhi, la saliva gli aveva riempito la bocca, le narici si erano allargate, ci aveva ripensato. Era tornato nel piccolo salotto, si era levato una scarpa e l'aveva strusciata sul muro, lasciando una scia di merda, un'impronta nera, un segno indelebile. Mia madre aveva poggiato la testa sui pugni, chinato il capo in segno di resa, con lo sguardo nel piatto, aveva pianto. Invece, per me, era stato come quel giorno con Marta in palestra. Lo straccio rosso davanti al toro. Avevo la sensazione che quel luogo non gli appartenesse, non sopportavo la profanazione. Fosse successo in via del Pellegrino avrebbe avuto un altro significato. Mi ero mossa velocissima, come se sapessi cosa fare, invece era tutto ignoto, ero corsa in cucina e avevo trovato la scopa, l'avevo trascinata e gliel'avevo data sulla schiena, due, sette, trenta volte. Lui era rimasto immobile a proteggersi con la mano mentre io lo colpivo furiosamente, immaginando di polverizzarlo con la mia rabbia. Eppure non gli avevo fatto niente. Un baffo.

Ma da quel momento in poi, se il ricordo della parrucca di Zagabria è senz'altro incastonato nella realtà, quello che sopraggiunge se penso alla mia rivolta appartiene a una fantasia di onnipotenza. La mia ribellione aveva segnato un confine. Mia madre aveva tirato fuori cinque milioni, *cash*, impilati banconota su banconota, e glieli aveva dati barattandoli con la nostra libertà. Come una buonuscita. Come il nonno che aveva comprato Miloš.

Il Selvaggio sarebbe partito di lì a poco per Bali, promettendo di non fare ritorno. Lo avevamo portato a Ciampino, una mattina di ottobre ingurgitata dalla foschia, avevamo attraversato Roma con i cuori muti, brachicardiche e fiaccate dalle cattive sorprese di quei giorni. Noi davanti, lui dietro. Come un ergastolano. Era sceso dalla macchina con la sua sacca sulla spalla e si era avvicinato al finestrino tentando un saluto, un arrivederci, e poi ci aveva dato le spalle, con quell'andatura lasca, disinvolta e sicura, gridata dalla sua bellezza, perentoria, probabilmente terrorizzata.

Quello che non torna, rispetto alla realtà, è che ricordo un aeroporto immerso in una giungla. L'immagine nella memoria è colorata di palme, rampicanti, l'aeroporto è una scatola trasparente da cui salpano veicoli con le ali, mangiata dal verde, immersa in una foresta selvaggia e pericolosa. Lo immaginavo già in Indonesia? Forse. Sicuramente avevamo fatto ripartire la Lada Niva senza festeggiare, eravamo tornate indietro con lo stesso umore con il quale eravamo partite. Sotto i tacchi. Perché? Perché la libertà non ha prezzo e noi l'avevamo pagata? Perché non riuscivamo a credere davvero di esserci svincolate? O perché in fondo ci stavamo separando per sempre da lui? La verità è versatile, mutevole, soggetta a più sensazioni. La cosa certa è che mia madre aveva tirato giù il finestrino e fumato cinque Muratti, poi finalmente eravamo arrivate a casa.

La nostra.

Via Guido Banti 34
1987-1991
(secondo appartamento)

> Ti amo. Di questa parola so tutto il peso – l'orrore e la meraviglia – eppure te la dico, quasi con tranquillità. L'ho usata così poco nella mia vita, e così male, che è come nuova per me.
>
> CESARE PAVESE

Durante il secondo anno di liceo artistico (avevo diciassette anni) mia madre mi disse che non potevamo più permetterci la nostra casa doppia e avremmo dovuto traslocare. Non voleva cambiare quartiere, sarebbe rimasta volentieri nel condominio con la sbarra; lo stesso valeva per me, la scuola era vicina, il Ragazzodoro anche, avevo perimetrato un universo nel quale mi spostavo bene, andando a piedi, in autobus, e ogni tanto rubando la macchina di mia madre. Aveva venduto la Lada Niva e si era comprata una Golf Gti bianca. Certe sere, quando si addormentava presto, acciuffavo le chiavi e mi lanciavo sul viadotto, ripercorrevo i luoghi che avevo attraversato con il Gigante, lasciandomi scorrere addosso le endorfine mentre scrutavo una volante della polizia in fondo alla strada. Il Ragazzodoro non mi faceva guidare, spumavamo in una vita coniugale che aveva la funzione di una cura. La sua presenza metteva ordine, la nostra storia aveva orari, pulsioni e afflati misurati, con lui vicino riuscivo a contenere il caos che mia madre continuava a originare come un meteorite appena disintegrato sulla Terra. Era in costante movimento sulla sua altalena sentimentale: anche se si era abituata alle bordate del Fisico, alle sparizioni, ai tradimenti, ai ritorni, il dolore continuava a consumarla. Il trasloco dall'appartamento doppio a uno più piccolo, in una palazzina adiacente, parve darle un attimo di tregua, una pausa dalla propria intemperanza amorosa.

Era una casa minuscola con un salone su tre livelli, all'ultimo c'era uno studiolo dove mia madre aveva sistemato una scrivania laccata. Non lavorava più per i fotoromanzi, teneva una rubrica su un giornale patinato che si chiamava "Élite": i suoi articoli erano a firma di una fantomatica nobildonna romana. Pezzi di costume, lettere delle quali scriveva il testo e alle quali rispondeva. Gironzolavo intorno ai suoi fogli, le chiedevo di leggermi cosa aveva scritto, mi piacevano le sue invenzioni e la sua prosa liscia e chiara, mentre resistevo ostinatamente alla *Recherche*, che mi era stata regalata dal nonno: raccolta in un cofanetto prezioso, restò intonsa sulla mia scrivania. Chi fece breccia nel mio cuore fu invece Edna O'Brien con la sua favolosa trilogia delle *Ragazze di campagna*. Era stata la Mariucci, la mia prof di lettere, a farmela conoscere: convinta di avere una purosangue tra le mani, mi iscrisse anche a un concorso letterario, ma senza suscitare il mio entusiasmo. Quell'iscrizione era, diceva, il suo regalo di Natale.

"Potresti vincere il premio per il miglior tema del Lazio..."

"Potrei?"

"Perché no?"

"Perché sì?"

"Perché lo dico io," concluse la Mariucci.

Vincere non era nei miei orizzonti, acconsentii solo per non deluderla: credeva in me, come un allenatore. Quando lo raccontai a mia madre mi disse che era d'accordo. Valeva la pena di tentare, qual era la traccia?

"Bisogna scrivere una cosa sulla natura."

“Ah, interessante, ti puoi sbizzarrire. A proposito di natura, di madre natura... sono incinta...”

La osservai.

Era seduta su una poltrona di velluto bordeaux posizionata nel punto più luminoso della nuova casa, davanti un piccolo terrazzo che affacciava sulle altre palazzine. Accanto aveva un tavolino con una bella lampada di vetro, il telefono e la segreteria: era il suo quartier generale. Teneva le gambe rannicchiate, la penna in mano, aveva appena finito di annotare i messaggi anonimi. La guardai negli occhi, osservai i suoi polpacci, uno appoggiato sull'altro, la pelle un po' secca.

“Non è vero,” le dissi.

“Perché?” mi chiese.

“Perché se fosse vero non me lo diresti in questo modo.”

Non mi contraddisse. Spalancò le iridi e si portò le gambe al petto. Io andai in camera, accesi la lampada che tenevo sotto il mio tavolo di vetro e ricalcai un disegno di Persefone. Fumai uno spinello affacciata alla finestra della mia stanza. Che stava facendo? A cosa le serviva quella bugia? Pensava di tenere legato il Fisico per altri tre mesi? Cosa immaginava?

Quella menzogna sfiorava l'abisso. Sfiorava l'abisso anche il pensiero di coinvolgermi. La follia.

*

Il Fisico venne a pranzo nella casa nuova, subito dopo Capodanno. Mangiammo al tavolo che mia madre aveva sistemato al secondo livello del salone. Lui aveva portato un mazzo di fiori e una bottiglia di spumante. Ero terrorizzata. Mia madre gli aveva detto che aspettava un bambino? Lui aveva abboccato? Volevano dirmi qualcosa? Li osservavo mangiare uno accanto all'altra, lei profumava di cipria, la camicetta di seta e i seni liberi, lui con il suo golf a V e le labbra invisibili. Chiacchieravano del più e del meno, mi raccontò di suo figlio che voleva iscriversi al Conservatorio e che litigava continuamente con la madre. Masticavo piano la pasta e ceci e aspettavo il peggio, il gioco delle maschere, delle parti. Io che assistevo a quella pantomima. Lui aveva un umorismo elastico, che tirava all'inverosimile, voleva cavare le risate dalla bocca della gente, divertirla a tutti i costi. C'era qualcosa di tenero custodito dentro quell'uomo, una dolcezza piccola e bonaria, un atomo solitario in quel corpo da gladiatore. Forse lei l'aveva captato e aveva immaginato che il pensiero di un bambino potesse piegarlo, il senso di responsabilità come un tallone d'Achille, bla bla bla.

"Mi fai vedere la tua stanza?" mi chiese lui dopo aver ingoiato l'ultimo pezzetto di mela.

"È molto carina, vero, amore?" ciangottò mia madre.

Mentre aprivo la porta della mia camera e lei sparecchiava, lo vidi entrare nel mio universo, girare intorno alla scrivania col piano di vetro, osservare i libri sul comodino. Sembrava cercasse qualcosa. Ero certa che mi volesse parlare. Voleva dirmi che mia madre era impazzita, che lui un figlio non lo voleva e che avrei dovuto aiutarlo a distoglierla da quell'idiozia? Voleva chiedermi se davvero desideravo un altro bambino intorno? O, peggio ancora, una sorella... Cercava la mia complicità, annusava l'aria della mia stanza per trovare un appiglio, un passo dopo l'altro. Si avvicinò al pannello di sughero, guardò i miei disegni, le scritte fissate con le puntine, le foto.

"Che fine ha fatto il Gigante?"

Alzai le spalle.

"Era simpatico... Magari un po' 'rustico', ah ah! Gli piacevi tanto, si vedeva."

"Si vedeva."

"'Senza fretta, senza scintille, senza dover essere altro che se stessi'... Chi l'ha scritto?" mi chiese continuando a studiare il pannello di sughero.

"Virginia Woolf."

“È una tipica frase adolescenziale.”
“Trovi?”
“E questo bambino biondo, chi è?”
“Mio fratello.”
“Ah già, tuo fratello. Ci vai d’accordo?”
“Sì.”

Mio fratello mi seguiva come un gatto, ormai aveva otto anni. Esistevo da prima della sua nascita, mi aveva accolta come il capobranco, e non faceva distinzioni, non gli importava che fossi sua sorella solo da parte di padre. Quando arrivavo nel suo spazio inseguiva il mio odore e si avvicinava per salirmi sulle ginocchia. Mi nuotava accanto d’estate, era miope e baciato dal sole. La sua innocenza era irresistibile. Gli volevo bene ed era l’unico fratello che potessi accettare. Anche quelli immaginari erano esclusi dal mio orizzonte.

“È molto bella la tua stanza,” commentò infine il Fisico in tono ciarliero.

“Grazie.”
“Dice la mamma che...”
“Che...?”
“Che nella nuova scuola ti trovi molto meglio.”
“Vero.”
“Bene, no?”
“Benissimo. E tu come mai sei qui?”
“Voleva farmi vedere la casa.”
“Ah... ok.”
“Che hai, sei strana...”
“Sono cresciuta.”
“E quindi?”
“E quindi niente, io cresco, tu invecchi...”
“Eh, eh.”
“Ora devo andare...”
“Dove?”
“Da un’amica.”

"Okay. Ci rivediamo presto..."
"Speriamo."
Presi il mio montgomery blu e lo indossai, sigillai gli alamari sul petto continuando a guardarlo, sperando che il mio sguardo cocciuto parlasse per me. Ma lui si chinò sui dischi, aveva preso un trentatré giri di Joan Baez e aveva sorriso rivangando chissà quali ricordi. Andai dritta in cucina, dove mia madre aveva sistemato tre tazzine sul vassoio.
"Gliel'hai detto?" le chiesi.
"Ancora no," sospirò sognante.

*

Per scrivere il tema mi ci volle quasi un mese. Mi ispirai alle *Operette morali* di Leopardi: ne avevo letto tutti i dialoghi, avevo immaginato un tribunale di personaggi come la Terra, la Luna, il Sole, il Mare, il Cielo, che affrontavano un processo sulla natura, esponendosi e accusandosi l'un l'altro; il progetto era ambizioso, al di sopra delle mie capacità.
"Niente affatto, è un'ottima idea," commentò la professoressa Mariucci, che mi asciugava la fronte, mi dava da bere, mi teneva il paradenti mentre, seduta all'angolo come Rocky Balboa, le ripetevo che non ce l'avrei fatta. Sanguinavo, sudavo, mi tremavano le mani. E mi tremava il cuore, quando mi capitava di vedere il Gigante.
Ogni tanto lo sorprendevo davanti al bar, poggiato sul cofano, che fumava concentrato. Una volta l'avevo adocchiato dalle parti della mia scuola (era lì per me?), una sera addirittura, ronzando nel quartiere sulla Golf di mia madre, l'avevo intercettato mentre si cullava, anche lui solo, sulla Flaminia: sentivo le note suonare dentro la sua macchina, il naso mi si riempiva del suo odore di trementina e Drakkar Noir, altro che madeleine proustiana. Avrei potuto andargli dietro, sarebbe stato così facile: la notte a favore, la luna argentata in

cielo. Invece tirai dritto, ero più forte delle mie tentazioni, del corpo. Volevo dimostrare a me stessa che ero di un'altra pasta, il desiderio non mi avrebbe mai piegata, ero diversa da *lei*. Sedevo a capotavola in casa del Ragazzodoro, che mi aveva regalato un anello con un cuore azzurro a testimonianza del suo impegno: l'amore era una cosa seria, come le mie gonne al ginocchio, l'onestà e la rettitudine. Padre nostro, che sei nei cieli. La sincerità era il mio principio assoluto. Mia madre la tradiva, se ne fregava, il gioco che giocava con il Fisico era pieno di regole anarchiche.

Aveva aspettato un mese per dirglielo, un mese dal giorno del pranzo. Aveva postdatato il presunto concepimento? Comunicato che era incinta da un po'? Oppure quella gravidanza concettuale aveva avuto inizio dal giorno in cui l'aveva annunciata?

"È molto confuso..." mi disse una sera laconica quando le chiesi qualche spiegazione.

"E tu? Tu non sei confusa?"

"No, io no..."

"Dovresti smettere di fumare. Una gravidanza alla tua età è già un azzardo, se ci butti sopra tutta quella nicotina..." Facevo il suo gioco. Volevo vedere fin dove sarebbe arrivata.

"Hai ragione."

Spense la sigaretta a metà. Non credevo ai miei occhi.

Passarono giorni su giorni, nei quali mia madre presidiava il quartier generale e il Fisico chiamava, puntualissimo e preciso. Discorrevano per ore, le telefonate anonime erano cessate, lei era malinconica, si sdraiava sul divano e poco dopo la sorprendevo in lacrime; andava tutti i weekend a dormire da lui, mentre io avevo finito il tema, cercavo gli assorbenti nei cestini di casa, mangiavo cornetti a tre a tre, uno dietro l'altro. Avevo raggiunto i settantotto chili, peso massimo.

I capelli mi arrivavano alla vita, avevo fatto una permanente solo sulle punte dopo aver visto *Gilda* con Rita Hayworth.

La mia immensa chioma nascondeva il corpo. Andavo al bagno più volte al giorno. Ero campionessa di ramino e burraco, e avevo cominciato a giocare a biliardo; la cosa più trasgressiva che facevamo con il Ragazzodoro era andare in una bisca nel quartiere africano. Il gioco sostituiva il sesso, ma non ne ero consapevole. Seduta sulla sponda destra, bevevo Lagavulin e passavo il gesso sulla punta della stecca; volevo mettere in buca sempre e solo la otto. Andavamo a giocare il mercoledì, poi tornavo a casa e leggevo *Dylan Dog*: era la sera degli sballi. Proprio una di quelle sere lei entrò in camera mia mentre stavo per spegnere la luce e si sedette sul bordo del letto, con il suo accappatoio bianco e gli occhi spenti.

"Ti devo dire una cosa," piagnucolò.

"Sentiamo."

"Ho perso il bambino."

"Davvero?" Spalancai lo sguardo di proposito. Stavamo avendo davvero quella conversazione?

"Sì."

"Lo volevate tenere?"

"Ci stavamo pensando."

"Anche il Fisico?"

"Eravamo molto combattuti."

"Ah sì, eh?"

"Sì."

"Accidenti."

"Sei sarcastica?"

"Chi, io?"

"È una cosa che ci ha avvicinato... comunque."

"Immaginare un bambino?"

"Tu non capisci..."

"Oh sì, io capisco eccome."

"Sono molto addolorata."

"Io molto stanca."

"Buonanotte, amore."

"Buonanotte, mamma."

Certo, che stupida. La gravidanza concettuale aveva fatto leva sul senso di responsabilità del Fisico, che aveva dovuto vestire i panni della serietà, pregare che lei perdesse il bambino e nel frattempo comportarsi da brav'uomo. Per tre mesi avevano tubato come colombi, poi lei aveva esaudito il suo desiderio, ma intanto si era fatta largo nella sua vita. Per novanta giorni erano stati una coppia, senza Giada, senza tradimenti, senza paura. Solo loro due e un bambino inesistente. La gravidanza concettuale era un trucco di bassa lega, pericoloso, vecchio come il cucco, che per quella generazione scellerata – emancipata dal divorzio, dall'aborto, da un barlume di libertà – funzionava ancora a meraviglia.

*

La scalinata per raggiungere il Campidoglio era maestosa, la primavera aveva abbracciato la città, Roma riposava sotto un cielo di organza. Quando arrivammo nel piazzale, la professoressa Mariucci disse che dovevamo andare a destra: indossava un soprabito leggero troppo largo, si era raccolta i capelli e aveva messo la matita sugli occhi, che, sottolineati di nero, quella mattina sembravano più grandi del solito. Ci addentrammo in un susseguirsi di sale, imboccammo lunghi corridoi, i pavimenti erano lustri; non ci ero mai stata, ma sapevo che da qualche parte, lì, i miei genitori si erano sposati. Mia madre vestita di bianco, i capelli corti, mio padre con un completo blu, una cerimonia veloce: due sì detti svelti, due paia di occhi azzurri, due baci per sempre. A loro pensavo quella mattina mentre prendevamo posto nell'ampia sala affacciata sullo struggente scorcio dei Fori Imperiali: ai miei genitori.

Dov'erano?

Nell'aula sobbolliva un brusio generale, c'erano molti ragazzi (più femmine che maschi), tante scuole, non solo di Roma. La Mariucci e io ci sedemmo vicine, nelle ultime file, eravamo arrivate un po' in ritardo. Lei si liberò del soprabito e allungò il collo, come se cercasse qualcuno, poi mi afferrò la mano. Era calda, generosa. Ogni tanto abbassava il capo, fermava lo sguardo in grembo ascoltando i nomi pronunciati, attendeva con una leggera ansia, che mi emozionava; io, al contrario di lei, ero completamente disillusa. Quando il mio nome fu scandito da un uomo calvo e magrissimo, la prof si voltò di scatto, con uno slancio nucleare, per afferrarmi la testa e baciarmi. Rimasi attonita. Immobile.

"Vai, cammina," mi disse.

Mi alzai cercando l'equilibrio, la professoressa si era spostata per lasciarmi passare, attraversai la stanza che venne ingoiata da un silenzio metafisico e arrivai davanti all'uomo magrissimo: con flemma orientale, lesse le motivazioni per le quali il mio tema si era aggiudicato il secondo posto negli elaborati del Lazio. Poi mi mise una medaglia d'argento al collo e si complimentò; persi un battito, mentre il mondo continuava a girare.

*

Ad agosto sarei andata in vacanza in Grecia con il Ragazzodoro, intanto a luglio facevamo su e giù dal Circeo. I suoi genitori avevano una villetta sul lungomare: passeggiavamo sul litorale, pranzavamo seduti sotto ombrelloni a fiori, di tanto in tanto incrociavamo Bartezzaghi, cuocevamo a fuoco lento in una noia esemplare. Mia madre era andata in vacanza a Forte dei Marmi con un'amica, il Fisico era volato negli Stati Uniti scatenando, per la prima volta, la sua bile. Era partita giurando vendetta. "Quest'estate vado con il primo uomo che mi capita!" Non l'avevo mai sentita parlare così: alle sparizioni del Fisico seguivano le lacrime, e il senso di abbandono determinava uno stato di abulia fatto di nicotina e stasi. La dimensione del chiodo scaccia chiodo non era stata ammessa fino a quel momento: era una novità trionfale nelle regole dell'amore. Pregavo che incontrasse qualcuno e fuggivo le sue telefonate; d'altronde, mi chiamava poco.

Passai un intero weekend a Roma, da sola. Dovevo vedere mio padre, fare qualche lavatrice, prepararmi per la Grecia. L'asfalto della capitale sudava miraggi, la radio suonava *Andamento lento*: la mia collina era abitata solo da qualche donna cotonata, filippini in giacca di rigatino e i ragazzi del bar incollati al guardrail di corso Francia. Il caldo prendeva a morsi la città, le lamiere bruciavano. Camminai lungo gli argini del fiume e immaginai di andare dalla Garufi, continuavo a scrivere i sogni con la carta carbone, come se ci fosse stato qualcuno che li avrebbe letti. Al ritorno costeggiai il Teatro di Marcello e rimasi a guardare la finestra di Neracomelapece, c'era appesa la bandiera dell'Inghilterra. Tornai a casa, ascoltai i Pink Floyd chiusa in camera, fissando le lucine dell'amplificatore riverberare nella stanza. Mentre addentavo un panino al prosciutto seduta per terra, il pavimento era fresco e polveroso: squillò il telefono, andai di là ma qualcosa mi trattenne dal rispondere. Entrò in funzione la segreteria telefonica, era mia madre, piangeva.

"Amore, dove sei, ci sei?" Avanzai di un passo ma non presi la cornetta, rimasi ferma. "Ho conosciuto un uomo qui, un uomo interessante, non è di Roma, ha più o meno la mia età, quarantacinque anni, lui..." S'interruppe, singhiozzava, poi fece silenzio, rimase a respirare mentre l'adrenalina mi montava sulla schiena come un brivido. "Vedi, lui, io... io ho provato, capisci, ho provato, ma io, io non posso... ieri sera ci sono uscita e quando ho chiuso gli occhi... io, io vedevo il Fisico, sentivo il suo odore, le sue mani, io non posso, il mio cuore va in pezzi, mi sono ammalata, io vorrei liberarmi di lui ma non riesco, capisci..."

Mentre parlava e singhiozzava, presi le chiavi della macchina, avevo addosso solo un paio di calzoncini tagliati, una maglietta e le infradito. Feci le scale di corsa e salii sulla Golf, tirai giù tutti i finestrini e cominciai a planare sulla città, scesi dalla collina e imboccai la Tiberina: non volevo stare in mezzo al traffico, volevo scivolare via, prendere il largo, svuotare la testa. Guidando avevo la sensazione di diventare tutt'uno con la macchina, il pensiero degli pneumatici che correvano sull'asfalto era come un balsamo, ogni giro di ruota corrispondeva a un'oncia di libertà, fosse stato per me sarei andata all'Inferno su quelle quattro ruote. La strada ondeggiava con curve morbide, costeggiata da alberi secolari, le prostitute stavano sul bordo della carreggiata con le natiche sgusciate, ogni tanto appariva un casale piantato nel grano.

Arrivata all'altezza di Fiano Romano, vidi un posto di blocco a qualche centinaio di metri. Ovviamente non avevo la patente, non ero neanche maggiorenne. Inchiodai e feci inversione a U, la mossa più stupida che potessi azzardare; guidai piano, controllando ossessivamente nello specchietto retrovisore, quando all'improvviso il cielo fu ricoperto da nuvole nere, che si erano ammassate in un secondo come corressero a un concerto. Un muro di pioggia si abbatté sull'ingresso di Roma Nord, un diluvio torrenziale che calò sul parabrezza come un'onda, non avevo mai guidato sotto una pioggia così forte. Rallentai risalendo sulla collina, le strade in un secondo si erano trasformate in fiumi d'acqua che luccicavano sotto i fanali, e mi ritrovai a passare davanti al bar del Gigante: era seduto nella sua macchina con il finestrino abbassato e i capelli bagnati, lo sfiorai con la Golf e in un attimo lui si accorse di me. Mentre lo superavo, quell'incrocio di sguardi sembrò durare un'eternità. Poi lui mise in moto.

Il traffico aveva intasato l'arteria principale, guidai senza guardare lo specchietto, convinta mi stesse seguendo. Era tutto un batticuore a immaginarlo dietro di me. Non avevo paura, sapevo che il tempo aveva asciugato la rabbia, che non gli appartenevo più, che eravamo tornati al grado zero delle recriminazioni e dell'orrore, eravamo solo due esseri umani che continuavano a desiderarsi senza pretese. Aspettai che la sbarra si alzasse ed entrai nel condominio. Mi seguiva. Andai nel garage e parcheggiai, tirai su i finestrini e il freno a mano. Lui era già sceso dalla macchina, stava appoggiato al cofano: le mani in tasca, bagnato dalla testa ai piedi, più magro, con i capelli corti e lo sguardo di zolfo. Sorrise e non disse nulla. Si avvicinò e l'aria si riempì del suo odore; mise la bocca vicino alla mia e mi annusò, poi fece scivolare le dita sotto la maglietta, corse sulla schiena. Mi afferrò forte per le scapole come fossero due ali. "L'ultima volta," sussurrò. Chiusi gli occhi e lo vidi. La vita non era altrove, era tra le mie braccia.

*

"Perché me lo stai dicendo?"
"Perché è successo."
"E perché è successo?"
"Non lo so..."
"Mi hai tradito e non sai perché?"

Il Ragazzodoro manteneva un contegno magistrale. Incassò la mia confessione con il pomo d'Adamo che fibrillava, eppure dal suo corpo non trapelò nulla: né rabbia né livore. Anzi, scrollò le spalle e lasciò scivolare gli occhi sul pavimento, riflettendo. Si mise solo una mano sul cuore, premendo sul petto. Ero seduta di fronte a lui, cercavo di non piangere: volevo restare fedele al mio principio di sincerità, ma in quel momento la sua pacatezza scatenò il mio amore, avrei voluto inginocchiarmi e chiedergli perdono. Se avesse tentato di picchiarmi mi sarebbe sembrato tutto più naturale. Fluido. Era completamente digiuno di pazzia e insensatezza, e questo lo rendeva immacolato, prezioso. Non andò oltre la parola "tradimento", non chiese dove, quando: solo perché.

"Mi vuoi lasciare?" gli domandai.

"E tu? Io sono innamorato."

"No, io no. Voglio stare con te."

"Okay," concluse come se stessimo sancendo un patto.

La questione si chiuse lì, dopo una settimana saremmo dovuti partire per la nostra vacanza. Non toccammo più l'argomento, ma lui fece un passo indietro; andammo altri quattro giorni al Circeo e cercò di mischiarsi quanto più possibile con gli altri, soprattutto la sua famiglia. Solitamente dormivamo in una stanza con due letti singoli che ogni sera univamo, per poi la mattina riallontanarli, come fossimo due bambini in gita. Ma in quelle notti i letti rimasero distanti, e lui mi dava le spalle mentre restavo con la luce accesa sul comodino a fissare il soffitto oppure a leggere *Diabolik* o le poesie di Cardarelli (mi facevano pensare al Gigante: *I ricordi, queste ombre troppo lunghe / del nostro breve corpo*). Non stavamo mai soli, gli abitanti delle villette a schiera spesso si ritrovavano a casa di qualcuno: la grigliata, l'aperitivo, il torneo di burraco. Una sera giocammo a Trivial Pursuit, toccava a me, avevo la torta quasi piena quando suo padre mi chiese: "Chi ha detto: 'La più grande dichiarazione d'amore è quella che non si fa; l'uomo che sente molto, parla poco'? Platone, Agostino o Casanova?".

Il Ragazzodoro uccise la sigaretta nel posacenere e disse: "Papà, lo stai chiedendo alla persona sbagliata. Primo, lei non sa amare. Secondo, parla decisamente troppo".

Nell'aria sferzò un'offesa che lasciò tutti inebetiti. La madre del Ragazzodoro si alzò toccandosi i capelli e chiese: "Faccio un caffè o preferite un amaro?".

"Un amaro," decise il padre, osservando il figlio con uno sguardo di rimprovero, mentre la vicina di casa sistemandosi un sandalo sentenziò convinta: "L'ha detto senz'altro Platone, che era chiuso come un'ostrica".

"Se lo dice Giulia, che è laureata in Filosofia, ci possiamo scommettere," decise il fratello.

"Infatti era Platone."

"Lo vedi? Te l'avevo detto."

Fino a quel momento la pena era stata l'indifferenza, la chiusura, lo iato comunicativo. Era lacerante e subdola, una goccia cinese che cadeva sui cuori dilagando nel dolore, invadendo gli organi. Pane per i miei denti: il silenzio.

Ma alla fine la rabbia vinse. L'offesa di fronte ai genitori aveva vibrato di carnalità e possesso. Era stata l'unica manifestazione apertamente aggressiva. Una frazione di livore cui sarebbe seguito il perdono. Il mio fidanzato era stato troppo veloce per i miei gusti. Pensavo che l'amore fosse un corpo celeste nel quale tutto era possibile: il desiderio, l'euforia, l'estasi, per poi attraversare una cruna e gettarsi in una landa di gelosia, tradimenti e furia. Restavano le braci piene d'insonnia, attesa e fumo. Mia madre restava. Era sempre lì. Me l'aveva insegnato lei che avrei dovuto pagare un prezzo più alto.

*

Io e il Ragazzodoro tornammo a Roma il 30 luglio e dormimmo a casa sua. L'indomani ci aspettava un aereo, avrei telefonato da una cabina per dire che ero atterrata, e una volta ancora per annunciare che sarei tornata. Sganciavo i componenti dall'astronave madre. Misi tutte le mie cose in una sacca con i bordi di cuoio. Quella sera mangiammo all'Aventino, sognando il mare cristallino della Grecia, incamerando l'ultima dose di carboidrati, consapevoli che ci aspettava una vacanza tutta feta e pomodori. Spegnemmo la luce alle undici, lasciando la finestra aperta, in attesa dell'alba e del ricongiungimento.

"Mi fa male la gamba," disse il mio fidanzato, con una voce opaca.
"Quale?"
"La sinistra."
"Prova a metterti su un fianco..."
"Non riesco a girarmi."
"Ti cerco un antidolorifico?"
"Forse sì... sì."
Accesi la luce e andai in bagno, la cassetta dei medicinali era piena di aspirine, Antalgil, Novalgina, Moment, antiemorroidali. Presi una pasticca dal blister giusto e un bicchiere d'acqua in cucina, trotterellando per la casa con in testa l'immagine dell'Acropoli: primo scalo, Atene. Quando mi sedetti accanto a lui, avvistai il piede sbucare in fondo al letto. Era bianco. Bianco niveo, bianco marmo. Lo toccai, era freddo. Glaciale. Tirai su il lenzuolo, la gamba era morta fino all'anca. Camminai con le mani sul polpaccio, la coscia, non percepivo un milligrammo di vita.
"Le senti le mie dita?"
"No."
Scesi al piano di sotto e telefonai alla madre. Le spiegai in modo concitato che al figlio faceva male la gamba, che era fredda e dura. Lei mi diede il numero di un medico, disse che sarebbero partiti all'istante e che in un paio d'ore sarebbero arrivati.
Il dottore rispose dopo una decina di squilli, aveva la voce impastata di sonno e una parlata scandita da dittonghi ampi. Mi chiese di mettere le mani sull'inguine, cercare l'arteria femorale, e capire se ci fosse flusso sanguigno.
"Ma..."
"Se ne accuuuoorge subito, figliuuuola."
Io l'arteria femorale non la trovavo.
"Che stai facendo?" mi chiese il Ragazzodoro.
"Niente, torno subito..."

Mi fiondai al piano di sotto, dove avevo lasciato la cornetta a penzolare nel nulla. Immaginavo Miriam seduta accanto a me fermare la sua treccia con un nastro rosso. Miriam, la mia predecessora, la creatura che con la sua avvenenza mi aveva conquistata. Se non l'avessi vista, se non avessi desiderato essere quella ragazza, probabilmente non mi sarei fidanzata con il Ragazzodoro.

"Niente, dottore. O non la trovo, oppure è bloccata."

"Ostruuuita. Mando un'ambulanza," stabilì lui.

Poco dopo, il Ragazzodoro venne sollevato da due infermieri e messo su una lettiga. Era successo anche a me, quando mi ero fracassata il femore. Ero già stata in uno di quei camioncini volanti che attraversavano la città frastornandola con le loro sirene. Conoscevo le mosse, il senso di spaesamento, lo humour nero dei portantini.

"E insomma ve ne dovevate anna' in Grecia... che carucci!" disse uno.

"Mo' ve portamo alla Quisisana, se sta meglio che a Rodi. Se magna bene, aria condizionata, 'na favola," gli fece eco l'altro.

Il medico che avevo chiamato su indicazione della madre del Ragazzodoro era il primario di cardiologia di una nota clinica romana. Non persero tempo, lo ricoverarono e subito dopo arrivò il professore con il camice bianco come la gamba del Ragazzodoro; gli mise le dita sull'inguine e decise per la sala operatoria.

"Niente paura," mi rassicurò. "Torniamo subito."

Rimasi nel corridoio della clinica, il neon correva sul soffitto, c'erano poltrone di pelle e suore compassate che entravano e uscivano dalle stanze con vassoi di metallo pieni di pillole di tutti i colori. La notte i pazienti venivano vegliati, le somministrazioni dei medicinali cadenzavano la degenza, il postoperatorio. La clinica giaceva nella quiete intervallata solo dalle chiamate dei malati, luci rosse che si accendevano accanto alle porte, zoccoli Scholl che, nella corsa, spuntavano da sotto le tonache. Non avevo paura, l'esperienza del femore mi aveva lasciato una fiducia cieca nei medici. Se avevano ricomposto la mia gamba, potevano salvare chiunque.

I genitori del Ragazzodoro sbucarono sgomenti dalle porte dell'ascensore, la madre squarciò la pace del terzo piano, correndomi incontro e gridando: "Oddio!". Non era la donna che ero abituata a vedere, senza trucco e messa in piega era completamente diversa, pallida e scossa. Il padre intanto si trascinava nella sala cercando un'infermiera.

"Che è successo?" mi chiese con voce gutturale.

"Niente, assolutamente niente. Abbiamo cenato, poi ci siamo messi a letto e dopo un po' ha detto che gli faceva male la gamba..."

"Ma avete... avevate... capisci?" intervenne lei stringendosi i lembi della camicetta al petto.

"No," risposi senza afferrare la domanda.

"Che ha detto il professore?"

"Che lo portavano in sala operatoria e che sarebbe tornato presto."

"Quanto tempo è passato?"

"Quasi un'ora."

"Dio mio..."

Si sedette affondando nella pelle della poltrona e fece traballare il piede eloquentemente, la sua ansia riempì il terzo piano, poi prese a scivolare giù dalle scale, quando finalmente il cardiologo apparve. Somigliava a Gianni Agnelli, abbronzato e canuto, elegante giovane vecchio.

"Allora..." chiese la madre, come rarefatta.

Il medico mi guardò. "Sta bene, tra qualche minuto lo riportano giù..."

"Che è successo?" domandò il padre con le mani dietro la schiena.

"Si tratta di un mixoma: un peduncolo attaccato al cuore,

spesso è congenito. Può succedere che si sganci. Siamo stati fortunati che abbia ostruito l'arteria femorale, se fosse arrivato al cervello..."

La madre sgranò gli occhi e si portò la mano alla bocca per ricacciare un lamento.

"Domani facciamo un'ecodoppler per vedere se c'è qualche rimasuglio: per ora sta benissimo. Un intervento da nulla, abbiamo semplicemente disostruito l'arteria..."

Alla madre si riempirono gli occhi di lacrime, il padre le passò una mano sulla spalla: "Sta' tranquilla, Ninni. Hai sentito?, è tutto a posto...".

"Sì, sì..." annuì lei premendosi il fazzoletto sulla bocca.

"Signori, ci vediamo domani. È andata bene... Tutto merito di questa ragazza, che è arrivata con un tempismo perfetto." Mi sorrise con i suoi denti immacolati.

La madre si voltò e mi guardò con occhi nuovi: avevo salvato suo figlio. Mentre il cardiologo spariva nel corridoio apparve una suora. "È nella sua stanza, sta dormendo, potete vederlo per qualche minuto, fate piano, lasciamolo riposare."

Era nudo, coperto da un lenzuolo fino alle spalle, la bocca seccata dall'anestesia, ma aveva un'espressione lieta; la flebo piantata nel braccio, aggrottò la fronte perché avvertì le nostre presenze attorno a lui, la madre gli baciò la tempia e il padre incrociò le braccia suggellando lo scampato pericolo con un sospiro. Io mi limitai a infilare le dita sotto il lenzuolo e gli afferrai la caviglia, era calda e viva.

"Cara, dormo io qui stasera, ti spiace?" mi disse la madre.

Annuii, mentre il padre mi faceva segno di seguirlo. Lentamente uscimmo dalla clinica e altrettanto lentamente ci dirigemmo verso casa mia. La Jaguar cardava la notte a passo d'uomo, il padre guidava con gli occhi stanchi e appesantiti dal viaggio imprevisto. Sotto casa, mi mise una mano sul ginocchio e mi disse: "Senza di te... grazie". Gli baciai una guancia e andai su.

Mi sedetti sulla poltrona di mia madre a guardare la notte che si dileguava. Passai l'indice sui fori creati dai lapilli che cadevano dalle sue Muratti. I suoi crateri d'amore. Poi mi misi a piangere, pensando alla gratitudine dei genitori del mio fidanzato, alle parole del cardiologo: nessuno sapeva che avevo tradito il Ragazzodoro. Nessuno sapeva che ero stata io a staccargli quel pezzo di cuore.

*

Il giorno del mio diciottesimo compleanno, svenni. Erano i primi di settembre e avevo passato le ultime settimane a cercare di mettere insieme le pratiche per ritirarmi dalla scuola e fare due anni in uno. Ero consumata da sentimenti contraddittori, votata al pensiero di liberarmi, impaurita alla prospettiva di non farcela. Una sola persona aveva appoggiato la mia idea, la Mariucci. "Certo che ce la farai, certo!" mi ripeteva. Avevo trovato una serie di insegnanti che mi avrebbero aiutato a prepararmi e trascinato nell'avventura Laura e Giulia, ripetenti maggiorenni, stufe della scuola come me. E avevo chiesto a tutti i parenti di regalarmi soldi per il compleanno. Volevo solo una cosa: la macchina. Dovevo spostarmi.

Il dono più generoso venne da mia nonna Ida, lo misi assieme agli altri in una scatola rossa e cominciai a studiare per prendere la patente. Il Ragazzodoro mi faceva quiz su quiz. Ancora convalescente, doveva tenere la pressione bassa, rischiava che i punti sull'arteria femorale saltassero. Niente corse, emozioni forti, sbalzi, orgasmi, risate grasse.

"Su strade extraurbane principali il limite massimo di velocità è di 100 chilometri orari per autocaravan di massa complessiva fino a 3,5 tonnellate. Vero o falso?"

"Scherzi?"

Gli volevo un gran bene e non trovavo il coraggio di lasciarlo, mentre mia madre cominciava a sostenere di non riuscire più ad andare avanti con il Fisico. Eppure, era lampante che non pensava quello che diceva: avvinghiata alla segreteria, quando il telefono squillava scattava sull'attenti e si precipitava a rispondere. Shampoo, cipria, seta: era pronta a partire alla volta di via Latina. Mentre mi inabissavo nei quiz, trovai una Y10 di seconda mano in vendita: grigio antracite, tettuccio apribile, radio, interni in alcantara. Otto milioni. Andai alla concessionaria da sola, girai intorno al mio sogno, profumava di libertà e lusso. Non avevo mai visto una cosa così bella, desiderato tanto un oggetto. Lasciai due milioni di caparra e dissi che sarei tornata appena avessi preso la patente.

"Non ce l'hai? Neanche il foglio rosa?"

"No, ma è questione di giorni..."

L'impiegato mi guardò confuso incassando il denaro. Mi telefonò due volte per sapere quando sarei andata a ritirare l'auto. Rimase attonito sentendomi dire che mi avevano bocciato alla teoria: dopo giornate passate ad apporre crocette, due errori e poi una domanda impossibile sui tir, che mi aveva tagliato le gambe. Quell'evento era foriero di cattivi presagi. Come pensavo di riuscire a fare due anni in uno, se non ero passata all'esame della patente dopo un mese di studio forsennato?

"Vedrai che alla prossima ce la fai," disse mia madre sorreggendosi con la mano alla parete del corridoio.

"Che hai?"

"Vado a letto, non mi tengo in piedi."

"Sono le sei del pomeriggio..."

"Davvero? Pensavo le sei del mattino..."

Trovarla in quello stato suscitava il mio sdegno, bruciavo di rabbia, non avevo più pena né tempo per lei. Passavo le giornate a studiare. Andavo da Adriana, una sessantenne con gli occhi di cristallo e i capelli carta da zucchero che aveva un appartamento pullulante di ragazzi: universitari, ripetenti, geometri, architetti, tutti con la testa china sui tavoli da disegno a concepire chi la prospettiva di un palazzo di periferia, chi un museo, chi un autogrill. Smistava cornetti confezionati del Mulino Bianco ripieni di una goccia di cioccolato e rivestiti da una granella bianca, mentre i suoi quattro figli rientravano disgustati in quella casa che non si svuotava mai.

"Ah ma', hai rotto il cazzo, avete rotto il cazzo tutti!"

"L'insegnamento è un atto politico!" ribatteva lei, fiammante.

"La casa è un luogo privato, madre. Occupa una scuola, invece di rompere i coglioni con la tua cucciolata," tuonava il maggiore.

La cucciolata si assiepava anche in uno scantinato a est della città, dove Gilda, una fricchettona quarantenne, dava ripetizioni di figura: aveva sistemato una ventina di cavalletti attorno a una modella moldava magra come una lisca e bianca come un'ostia, fumava sigarettine di Drum, tra una pausa e l'altra beveva tè nero – ormai per lo più evaporato dal pentolino che scaldava su un fornelletto – mescolato a miele di acacia. Patrizia, invece, era la mia insegnante di italiano, una colorita universitaria sovrappeso: mi faceva sedere accanto a lei, nella sua stanza dove aveva ancora i poster dei Duran Duran. Le piacevano Ariosto e Leopardi, quando leggeva il *Canto notturno di un pastore errante dell'Asia* fremeva al suono degli endecasillabi. Imperscrutabile, secchiona e attentissima al denaro ("Mi paghi volta per volta, okay?"), mi spiegava cose che non mi smuovevano di una virgola ma erano essenziali per la mia preparazione, me ne sbattevo di Goldoni e Alfieri. Noiosa e pedante, apriva uno spiraglio nella mia ignoranza e insisteva sul fatto che la scrittura fosse una questione di esercizio. Metodo, consuetudine, criterio. Non ci capivamo su nulla, fino a quando non aprimmo il capitolo Montale. Lo tirò lei fuori dal cassetto. "Vediamo se ti svegli..." chiosò. Gli *Ossi di seppia*, suonavano un'altra musica. Era ottobre inoltrato, ormai.

Ero riuscita a prendere la patente e andai a recuperare la

mia Y10 all'ora di pranzo, dopo un viaggio infinito a bordo di autobus sconosciuti, con le mazzette di banconote nello zainetto e l'assicurazione in tasca. Il venditore mi aspettava accanto alla macchina tirata a lucido: mi fece vedere come si sintonizzavano le frequenze della radio, mi mostrò la spia dell'olio e disse che gli ero simpatica, per questo c'era mezzo serbatoio pieno. Mi augurò buona fortuna infilando i contanti in un cassetto. Uscii dalla concessionaria fischiettando, aprii il tettuccio e alzai la musica a tutto volume: non era altissima, come altissimi non erano i giri del motore. Quell'automobile non superava gli ottanta chilometri orari in una discesa a uovo, ma la libertà che mi dava non si fondava sulla velocità, piuttosto sul movimento, l'indipendenza, un paio di chiavi.

*

Mio nonno materno morì. Tumore all'intestino. Era disteso sul letto della casa di Porto Santo Stefano con la bocca serrata nel *rigor mortis*. Odore di naftalina. Le finestre battute da un vento secco. Mia nonna stava sul divano a fumare mentre mia madre telefonava alle pompe funebri. Era congelata in un'efficienza smorzata solo dall'ansia: perdeva colpi, chiamava due volte di seguito la stessa persona, lasciava il caffè sul fuoco, ripeteva le cose. Non piangeva. Neanche al funerale, in un Verano tutto statue, cappelle, pietra e struggimento. C'era gente, ma soprattutto c'era lui, il Fisico. Con un soprabito chiaro, al fianco di mia madre, solido come un mattone. Per quel giorno aveva rinunciato al suo humour, a far scivolare lo sguardo trasversale sulle altre donne, aveva persino addolcito il tono della voce: "Ti porto a casa o preferisci se andiamo a mangiare qualcosa fuori?". Lei era imbambolata, rallentata, eppure tesa a mantenere il controllo, annusava il suo uomo che quel giorno esercitava il ruolo del cavalier servente. Il cielo era svanito.

Non ero riuscita a dire a mio nonno che mi ero ritirata dalla terza liceo. L'unica persona della mia famiglia che aveva mostrato un filo d'interesse per il mio percorso scolastico, mio nonno: e adesso non c'era più. Non c'erano più la sua pasta al sugo, la spremuta d'arancia dopo pranzo a bloccare la digestione, le sue sfuriate nel condominio, i suoi occhi azzurri grandi come atolli. Dal sedile posteriore osservai mia madre rispondere con un filo di voce al Fisico: "Come vuoi tu... Davvero, per me è lo stesso", e mi chiesi quando avrebbe cominciato a piangere. Suo padre era il genitore di riferimento: oltre alla passione per i libri, alla guida elettrica e all'ironia aveva ereditato da lui anche la postura dell'amore?

L'aveva ereditata da lui, sì.

Restai attonita di fronte al lutto filiale, mi sconvolgeva come ai tempi di *Bambi*. Il cerbiatto, che resta nella tana ad aspettare la madre – l'unico personaggio senza nome – uccisa dal cacciatore. Il cucciolo dalla coda bianca si accuccia accanto al corpo che gli ha dato la vita, veglia sull'ombra di sangue, trema sulle zampe e riscatta l'amore del padre, il Principe dalle grandi corna e la puzza sotto il naso. Mi era venuta la febbre dopo averlo visto. Mi pareva inconcepibile perdere un genitore e restare con gli occhi asciutti, come Miloš. Bambi, Miloš e ora mia madre. Dov'era il suo dolore? Lo attendevo come una valanga, mentre nei giorni successivi cercava di dominare il tumulto nell'asse testamentario: il nonno le aveva lasciato un villino in via Piemonte, a metà con la sorella. E poi c'era la nonna da sistemare. Sarebbe rimasta a Porto Santo Stefano oppure sarebbe venuta a Roma? Come avrebbe abitato l'assenza di un uomo che sembrava assecondare subendo e insieme enfatizzando la noia che lui le causava? Come si sopravvive alla morte?

Mia madre, forse, non aveva spazio. Aveva concentrato

l'afflizione altrove e la praticità non era il suo, si perdeva in un bicchier d'acqua. Era rimasta per giorni con la faccia di marmo a dividere le cose del padre in cartelline color sabbia, la sera chiamava la nonna, parlavano poco, non avevano nulla da dirsi. Attaccava e fissava il vuoto, chiedeva: "Hai fame?".

"Sì, tu?"

Non rispondeva. Era un dolore diverso da quello che le provocava il Fisico, una specie di sonnambulismo nel quale vegetava cercando il bandolo della matassa. Io invece non stavo ferma un attimo, passavo la giornata in giro sulla mia Y10, tentando di sfilarle diecimila lire appena potevo (la benzina aveva un costo esagerato), andavo a prendere le mie amiche e facevamo la spola tra le case delle ripetizioni. Studiavo dalla mattina alla sera, battevo la testa sempre sulle stesse cose, prendevo sei pasticche di lassativo Veravis al giorno, vivevo divisa tra le sedie: quelle delle scrivanie alle quali studiavo, il sedile di alcantara della Y10, la tazza del cesso.

*

Mancavano pochi giorni a Natale, il tempo della tregua, la ricerca della felicità. *A tutti i costi*. Quell'anno per la prima volta non saremmo andate all'Argentario, niente autostrada, nessun racconto. Avremmo cenato a casa di mia zia, sarebbe venuta anche la nonna. Mia madre teneva a quella festa come una bambina, non avevamo mai rinunciato all'albero, al rito dell'addobbo, ogni tanto ci permettevamo il lusso di comprare qualche palla sensazionale da Vertecchi. "Fai la lista," cominciava a dire mia madre intorno all'8 di dicembre. "Sogna in grande!" Svuotava il portafogli anche quando era in bolletta, voleva vedermi felice. Possedevamo anche un piccolo presepe sopravvissuto ai vari traslochi. Gli avvolgeva intorno un filo argentato, sparava la neve con la bomboletta, arrotolava le lucine sui rami dell'abete, le teneva accese tutta la notte. Infilava i pacchetti ben confezionati sotto l'albero e mi lanciava occhiate come se avessi avuto dieci anni.

Finimmo l'albero verso le sei del pomeriggio, e mangiammo in cucina: pane e salame. Era alleggerita, il Fisico aveva annunciato che quell'anno sarebbe arrivato il figlio, avremmo festeggiato tutti assieme il 27.

"Allora, cosa vuoi?"

"Un Bignami della *Divina Commedia*."

"Ah, ah."

"Perché ridi?"

"Ma dai, la *Divina Commedia* è così bella, che ci fai con il Bignami?"

"Sarà bella, ma io devo portare un programma doppio..."

"Che stai studiando ora?"

"Paolo e Francesca..."

"Oddio," sospirò. "*Quando leggemmo il disiato riso / esser baciato da cotanto amante, / questi, che mai da me non fia diviso, / la bocca mi baciò tutto tremante...*"

"Lo sai a memoria?"

"Non tutto."

"E quanto?"

"Parecchio: ai miei tempi la memoria era importante."

Andammo di sopra, levò la macchina da scrivere dalla sua piccola scrivania e si mise gli occhiali, leggeri, con una montatura dorata. Prendemmo il quinto canto dell'*Inferno* e lei lesse, calibrata e sobria: lo conosceva come una preghiera, ondeggiava nella lettura, le piaceva. Era diverso, letto da lei. L'aveva assorbito, sapeva restituirlo. Era innamorata dell'amore.

"Francesca è il primo dannato a parlare a Dante di tutta la *Divina Commedia*..."

"Ma va'?"

"Sì, lo vedi che Paolo sta zitto e piange?"

(Lei li vedeva.)

"Non ci avevo fatto caso."

"Bello, no...? Che Dante abbia scelto una donna come prima testimone."

"Bello, sì..."

"Sei coraggiosa a fare due anni in uno."

"Grazie... mamma."

"Sai, anch'io sono stata bocciata."

"..."

"Sì, in terza liceo, all'esame di maturità classica della Santa Giuliana Falconieri."

Rimasi sgomenta e la osservai con gli occhi sgranati: prese la penna e disegnò la struttura del Purgatorio, l'Inferno con i suoi gironi, le sfere celesti: ricordava tutto, e aveva sempre omesso. In quegli anni non aveva mai rivelato i suoi inciampi. Anzi, aveva tagliato corto dicendo che il suo rendimento scolastico era eccellente, e in italiano aveva nove. Mentre la guardavo spalancarmi davanti l'universo dantesco mi chiedevo come poteva essere accaduto che l'avessero respinta, lei che aveva un padre che l'accompagnava tutti i giorni a scuola, le offriva un tramezzino al bar Cigno e poi la salutava con la mano alzata dall'altra parte della strada. Proprio lei: una *jeune fille de bonne famille*. Il nonno ci teneva tanto alla scuola. Lei l'aveva deluso? Perché me lo stava dicendo in quel momento? Perché il nonno era morto.

Fino ad allora mia madre aveva spartito con me l'intimità e non aveva fatto cenno alle cose che somigliavano alla *mia*, di vita. Quando le avevo detto che mi avevano bocciata era rimasta inebetita, mentre avrebbe potuto dirmi: "Capisco, conosco la sensazione". Avrebbe potuto starmi vicina in un modo diverso.

Rimasi accanto a lei e ascoltai la sua spiegazione del canto di Paolo e Francesca. Aveva una sua idea dell'educazione, andava a tentoni cercando di rovesciare le regole che le avevano insegnato, era inconsapevole, caustica, infantile. Ogni volta che mi si offriva l'occasione di domandarle qualcosa che ci riguardava, di "recriminare", finivo per desistere. Mi aveva cresciuta in una giungla emotiva, sospinta da un afflato sentimentale che somigliava a una realizzazione del proprio sé. Non c'era gravità nella sua esistenza, solo un giorno che seguiva l'altro.

Quello fu indimenticabile: il giorno in cui passammo la notte a studiare il quinto canto dell'*Inferno* mentre il buio s'infilava nella stanza, accompagnato dal riverbero delle luci dell'abete e delle rivelazioni.

*

Lasciai il Ragazzodoro come si lascia un'isola, senza dargli le spalle, sorridendo, guardandolo diventare un punto a mano a mano che mi allontanavo. Un po' alla volta iniziai a sottrarmi agli appuntamenti, ad anteporre lo studio agli incontri, il riposo alle cene fuori. Piano piano, senza farci male, fino a quando non sparii dall'orizzonte.

Mi piaceva un tipo nuovo: magro, ascoltava Chopin e portava il loden, inaffidabile, bocca grande, accendino perennemente scarico; ma avevo un debole anche per un aspirante notaio, riga da una parte, modi spicci, destrorso, figlio di papà, macchina sempre lustra. Se per mia madre la regola del chiodo scaccia chiodo non funzionava, a me calzava a pennello. Cambiavo pelle, ero entrata in una fase istrionica frenetica, potevo trasformarmi più volte in un solo giorno: figlia dei fiori a ora di pranzo, Jessica Rabbit dopo cena. Avevo un solo obiettivo, liberarmi dalla scuola, il resto era un gioco, non mi volevo impelagare con nessuno. Dormivo poco, uscivo sempre; la Y10, oltre a rendermi libera, mi dava un senso di onnipotenza assoluto. Nel weekend passavo le notti in discoteca, la musica mi travolgeva. Avevo anche conquistato un cubo, ci salivo sopra piena di adrenalina e sudavo tutte le pagine acquisite durante la settimana. Era stata mia madre a insegnarmi a ballare. La incontravo pochissimo, la immaginavo sulla sua altalena sentimentale, con il conto in banca rimpolpato dall'eredità e le preoccupazioni per la nonna che intanto era precipitata come una torre, frantumandosi un femore.

Una sera la trovai seduta sulla poltrona con addosso il cappotto del nonno: di cachemire, blu, doppio petto. Se l'era fatto sistemare da Bice. Gli occhi spalancati sulla stanza e la sigaretta spenta in mano.

"Io esco..." dissi.

Non diede segni di vita.

Tornai alle quattro dopo aver ballato e dopo una puntata in piazza Cavour, dove si mangiavano cornetti caldi appena usciti dal forno, che si piazzavano sullo stomaco fino all'alba. Quando rientrai la trovai ancora lì, nella stessa identica posizione: occhi sbarrati, cappotto abbottonato, sigaretta spenta.

Accesi la luce e le girai intorno, mi sedetti sui talloni e le baciai un ginocchio. "Ehi, mamma... Tutto bene?"

Spostò lo sguardo su di me. Aprì la bocca per dire qualcosa, ma la voce le rimase in gola.

"Ti prendo un bicchiere d'acqua?"

Fece segno di sì con la testa. Andai in cucina e cercai in giro una bottiglia di vino vuota ma non c'era, neanche un superalcolico, uno spinello, una scatola di Valium. Niente. Era tutto a posto. Tornai con l'acqua e lei bevve a piccoli sorsi.

"Ti vuoi levare il cappotto?"

Rispose di no, sempre con il capo.

"È meglio se te lo togli. Sono le quattro, andiamo a letto."

Un altro diniego. Si portò la sigaretta alle labbra, era spenta. Probabilmente era la stessa di otto ore prima.

"Vuoi accendere?"

Prese una boccata insignificante, poi mise la mano sul bracciolo e non si mosse più.

"Mi racconti che è successo?" le chiesi.

Disse di sì con la testa, ma rimase zitta. Allora mi tolsi la giacca e le scarpe, incrociai le gambe e restai vicino a lei. La cenere cadde e lei chiuse gli occhi, per poi riaprirli come se dovesse sincerarsi di qualcosa. Faceva respiri profondi, ogni tanto schioccava la lingua sul palato, aveva la bocca secca e il suo mento a punta sembrava più sporgente, perché il silenzio le aveva asciugato le guance. Era la stessa identica situazione in cui ci eravamo trovate dieci anni prima, quando mio padre era andato via. Durante un trasloco, lei era rimasta immobile in una casa che avevamo affittato a Porto Santo Stefano, seduta su un divano, e io in terra aspettando che si muovesse. Era durato un'eternità. Un giorno, due? Ricordo che ero salita su una sedia per prendere una merendina in un pensile e ne avevo portata una anche a lei. Avevo dormito ai suoi piedi mentre lei piangeva senza mai esaurire le lacrime; ora no, ora non piangeva. E quando aveva gli occhi aperti non batteva le palpebre, le iridi erano spiritate, due grani di pepe. La sovrapposizione dei ricordi mi diede i brividi.

Le afferrai le mandibole. Strinsi. Lei spostò le pupille nelle mie. "Dimmi che cazzo succede... avanti."

Ci mise un po', poi rispose: "Posso dormire con te?".

"Sì... sì che puoi dormire con me."

"Allora aiutami."

Le tesi la mano e lei si tirò su, avanzò dritta nel corridoio, l'equilibrio era incerto ma sufficiente per camminare, invece di svoltare verso camera mia si infilò in bagno, io in quello accanto. Mi tolsi i vestiti e mi lavai i denti, sentivo l'acqua del suo lavandino che andava. Avevo sudato, mi sciacquai e mi struccai, passai il phon all'attaccatura dei capelli. Misi la camicia da notte e uscii. La porta del bagno era spalancata, l'acqua del lavandino aperta. Lei non c'era. Entrai nella mia stanza, si era sdraiata sul letto, indossava ancora il cappotto, si era addormentata. Vista così, in controluce, sembrava suo padre.

*

Il Fisico quel giorno era andato alle poste, si era messo in fila, doveva pagare diversi bollettini. Dietro l'università, durante la pausa pranzo. Avrebbe pagato in contanti, i soldi infilati nella giacca interna di un cappotto marrone.

"Vogliamo muoverci?" disse un vecchio davanti a lui nella fila immobile.

"Senza infartare," rispose il Fisico.

"In che senso?"

Sogghignò: intendeva dire che tanto la fila non si muoveva di un millimetro, ma il vecchio era duro d'orecchi e la battuta criptica. Si voltò una donna, però, che ormai era quasi arrivata alla cassa. La voce del Fisico doveva esserle suonata familiare. Lui strinse gli occhi per metterla a fuoco. La conosceva? Sì, la conosceva. Sabrina? Oppure Claudia? Non era sicuro, le sorrise. La donna incrinò il labbro e si portò una ciocca di capelli dietro l'orecchio.

"Ciao," disse il Fisico alzando la voce.

"Ciao," sussurrò quella, come se volesse minimizzare l'incontro.

Lui non ricordava il nome. Invece ricordava perfettamente come l'aveva conosciuta.

Due anni prima.

Era domenica, il Fisico aveva riaccompagnato mia madre a casa. Era incerto se passare alla festa di laurea di un suo allievo, uno studioso unico, il suo delfino, oppure tornarsene nel suo appartamento, farsi una doccia calda, andare a dormire presto e poi l'indomani spaccare l'Appia Antica in due con la sua marcia. Alla fine aveva deciso che avrebbe fatto un salto alla festa, come aveva promesso. Non era lontanissimo dall'università, un passaggio fugace, il saluto del prof non si nega a nessuno. Era finito in una grande casa con i coriandoli sparsi sul marmo, più che a una festa di laurea somigliava a un carnevale. Luca, l'allievo, gli era corso incontro e l'aveva presentato a tutti, la madre e il padre avevano avuto l'onore di conoscere il professore il giorno della laurea, poi c'erano gli zii, gli amici, la sorella, la fidanzata, la suocera, e quella donna: Sabrina oppure Claudia. Quarant'anni, pelle olivastra, piccola di statura, con due seni bruni addormentati in un golf a V stretto come una guaina. Amica della sorella di Luca, osteopata, euforica, brillante. Suonava la chitarra con la sinistra, mancina. "*Se telefonando io potessi dirti addio, ti chiamereiii...*" Indossava calze color carne otto denari e un paio di scarpe tortora, altissime. Il Fisico aveva un debole per i tacchi. Le si era affiancato e aveva preso a cantare con la sua voce muschiosa, ondeggiavano vicini sfiorandosi le spalle.

Quella sera mia madre aveva cenato con me e si era sistemata accanto al telefono aspettando un'improvvisa chiamata che coronasse il weekend: lei e il Fisico erano stati alle terme, era stato un incanto.

Il Fisico e la donna intanto spolveravano un repertorio indigeno, inclusi i Ricchi e Poveri: quella sera avevano fatto vibrare le ugole a dovere. Claudia, o Sabrina, beveva vino bianco in un bicchiere di plastica, lui no, non gli piaceva particolarmente perdere il controllo e una parte di sé sognava ancora di affrontare l'Appia Antica con tutti i crismi, l'altra sperava di fare l'amore con quella donna senza perdere tempo, una sveltina improvvisa e propiziatoria per andare incontro alla primavera che si era appena schiusa. Era venuto tutto facile, un gioco di sguardi meccanico e volitivo, Claudia o Sabrina aveva improvvisamente detto al laureando che doveva andare e il prof si era accodato.

"Ancora congratulazioni..." e via, si erano infilati nell'ascensore, dove il Fisico l'aveva baciata con gli occhi aperti mentre la donna si abbandonava cingendogli il collo. Abitava a un solo isolato. Aveva infilato la mano nella tasca del cappotto di lui e avevano affrettato il passo, fino a un portone di alluminio dorato. Un altro ascensore e un altro bacio: occhi aperti, occhi chiusi.

Il Fisico non ricordava la casa, solo che era piccola e che la camera era disordinata, il letto sfatto, i vestiti su una sedia, un'anta dell'armadio aperta (quella con lo specchio). L'aveva spogliata e lei l'aveva lasciato fare, poi l'aveva osservata nuda tra le lenzuola e si era slacciato la camicia, aperto la cintura. Lei senza esitare si era inginocchiata sul letto e gli aveva morso il labbro inferiore, con una tenacia insospettabile: da una parte si era eccitato, dall'altra gli era sembrata una provocazione eccessiva, gli aveva fatto male. Poi era andato tutto velocissimo, una scopata formidabile senza fronzoli ed esitazioni, come era stato il loro incontro. Quella donna andava dritta al sodo, senza smancerie. Aveva qualcosa di maschile e risoluto. Subito dopo essere venuta si era girata su un fianco e si era addormentata di schianto, senza dire una parola. Lui era uscito da quella casa esattamente com'era entrato, sparato come un missile. Non aveva preso l'ascensore, ma le scale. I giorni successivi l'aveva pensata, apprezzando che Claudia o Sabrina fosse apparsa e non si fosse più manifestata, che non avesse rivendicato nulla. Le donne, in genere, gli rimanevano incollate alla schiena, alle mani, ai testicoli.

Il Fisico aveva chiamato Luca con una scusa per sapere se magari Sabrina o Claudia avesse chiesto il suo numero di telefono, oppure qualche informazione, ma il suo allievo non ne aveva fatto parola. Alla fine era uscita dalla sua testa, già occupata da mia madre, la gravidanza concettuale, il figlio, il nuovo corso che aveva appena inaugurato negli Stati Uniti: il sogno della maratona di New York e altre avventure.

*

Rivedendola in fila alle poste, gli tornò su come un movimento gastrico. Se solo si fosse ricordato il nome, sarebbe stato tutto più facile. Gli sarebbe piaciuto rivederla, in fondo... La guardò da dietro, lei fece in fretta il pagamento, aprì la borsa, infilò la ricevuta in tasca, il resto nel portafogli. Ringraziò. Aveva una voce decisa, come i modi. Uscì dalla fila e si spostò verso una colonna poco più in là. Allora il Fisico rinunciò al suo turno, accartocciò il numero e la raggiunse. Che diamine, non voleva lasciarsela scappare. La donna era accanto a un passeggino, dentro c'era un bambino seppellito sotto una copertina con in bocca un ciuccio di silicone color miele. Dormiva come un angelo. Ma il Fisico non lo guardò, aveva occhi solo per lei. Era carina. Sembrava ieri che non la vedeva, non sembravano passati due inverni e due estati.

Lei gli tese la mano: "Sabrina, ti ricordi, vero?".

Che professionista, pensò il Fisico, ha detto il suo nome.

"Ma certo che mi ricordo, non sai quante volte mi sono chiesto che fine avevi fatto..."

"Davvero?"

"Davvero."

"Che poi quella sera non ci siamo nemmeno scambiati il numero."

"Infatti... Io ho anche chiamato Luca per..." Appena pronunciata la frase, il Fisico desiderò rimangiarsela. Lei aveva giusto puntualizzato che non si erano nemmeno scambiati il cellulare. Sarebbe toccato a lui chiederle il numero.

"Chi è Luca?" domandò Sabrina, confusa.

"Luca, il ragazzo, il mio studente, ci siamo conosciuti a casa sua..."

"Ah, Luca... Ma io non lo avevo mai visto, mi aveva portato un'amica della sorella, sai quelle cose che..."

"Certo, certo..."

"Allora stai bene?"

"Da povero vecchio, ma non mi lamento. E tu, che hai combinato in questi due anni?"

"Sono rimasta incinta," disse Sabrina. Scostò la copertina e carezzò la guancia del bambino. Il piccolo aprì gli occhi, identici a quelli del Fisico. “Lui si chiama Giordano, è tuo figlio.” Gli aveva staccato la testa.

*

Il Fisico raccontò la storia a mia madre come fosse un incidente di percorso, cercando anche di ricevere un consiglio. Non sapeva se riconoscere il bambino, Sabrina non aveva rivendicato nulla ma il dilemma per lui era altrove, il senso del dovere abbaiava indomito. Avrebbe dovuto includerlo nella sua vita, rovesciare lo schema, rinunciare alle corse mattutine, uscire prima dall’università, imbracciare un passeggino e darsi il cambio la domenica con una sconosciuta?

La madre di suo figlio, la sveltina perfetta.

Dopo la notte in cui si addormentò con addosso il cappotto del nonno, mia madre si svegliò diversa.

Lo lasciò.

Per la prima volta cercò di reagire, non rimase prostrata nell’abulia. La storia del figlio fece risuonare le corde della moralità. L’indignazione vibrò. Fumava moltissimo, beveva centinaia di caffè riscaldati in un pentolino fuligginoso e parlava sempre di lui. Non stava ferma un attimo, inseguiva un altrove misterioso nel quale sperava di trovare pace, senza successo. Qualsiasi pretesto era buono per nominare il Fisico, delle volte non capivo neanche se stesse conversando con me, ragionava a voce alta, era scissa, dilaniata. Ma vigile. Si svegliava presto, apriva le finestre, riprese in mano la rubrica della nobildonna, batteva veloce sui tasti, telefonava alle amiche, ricostruiva la storia come fosse l’indagine su un omicidio. La rovesciava. Cercava di tornare a quel weekend, si domandava come avesse potuto tradirla con una sconosciuta, mettendola pure incinta (forse inconsciamente desiderava mettere incinta lei), per poi raccontarle tutto. Da quanto lo sapeva, davvero da quello stesso giorno? O da prima? Aveva dato segnali?

Sì, negli ultimi tempi era stato più affettuoso. Era il senso di colpa. Ma perché aveva aspettato a dirglielo? Ragionava senza sosta. La vegliavo. Capivo che quell'immenso ruminare le era necessario, l'importante era che non si lasciasse andare.

Studiavo in salotto per tenerla d'occhio, uscivo pochissimo, mancava un mese all'esame. La sua presenza dentro casa mi dava ai nervi, divoravo tutto quello mi capitava a tiro. Sei scatole di Baiocchi alla settimana. Li mettevo nel freezer e aspettavo che si congelassero, poi li mangiavo guardando fuori dalla finestra della cucina. Un paio di volte vomitai. Mi mancava il fiato dopo quelle abbuffate, il giorno seguente mi ripromettevo di non caderci, andavo avanti a pane ai cereali e insalata, ma bastava un nulla perché il cibo mi richiamasse a sé. Ogni sera, finito di studiare, la fame si svegliava, perdevo il controllo, masticavo in piedi davanti al frigorifero: l'aria azzurra e fresca riverberava sul mio viso, il dito infilato nella vaschetta dello stracchino, rotoli di prosciutto, mezzo litro di latte. Zuccheri in quantità industriali.

"Che fai?"

"Niente, mamma..."

"Stai mangiando... Non hai cenato?"

"Sì."

"E allora perché mangi ancora?"

"Perché ho fame?"

"Non lo senti che hai lo stomaco pieno?"

"Non particolarmente..."

"Dovresti..."

Sapeva che mangiavo fuori pasto, che certe volte mi lasciavo andare, e poi c'era il corpo che parlava per me, testimoniava ogni abbuffata.

"Faccio l'esame e mi metto a dieta."

Scivolavo via dai rimproveri e ascoltavo la sua versione dei fatti tre volte al giorno. Zoppicavo in matematica, odiavo la chimica, conoscevo a memoria il doppio programma di italiano come una canzone di Lucio Battisti, facevo l'I Ching ogni giovedì con la mia vicina del piano di sotto.

"Pensa una domanda."

"Fatto."

"Tira le monete."

"Fatto."

"Che dice?"

"49. La Rivoluzione. Nel giorno stabilito, si ottiene sincerità. Suprema riuscita. Propizio oracolo. Il rimpianto svanisce."

"Che significa?"

"Bah..."

"Rifacciamolo."

"Non si può."

"Ma sì!"

"Ma no!"

La sera trascinavo mia madre davanti alla televisione, o le chiedevo di aiutarmi a ripetere, o la costringevo ad andare al cinema. Quando il sole tramontava, il senso di perdita si faceva tangibile. La somma dei giorni *in absentia* sembrava moltiplicarsi. Il suo cuore precipitava in un dissidio profondo come un dirupo. Dimenticava le ragioni dell'allontanamento; era tutto un fiorire di ricordi edulcorati, la testa si scollava dal corpo, il ventre voleva tornare dal Fisico. Si accucciava sulla poltrona, si versava il secondo bicchiere di vino, poi il terzo, accarezzava la cornetta. Io facevo sparire la bottiglia, lei i biscotti. La sentivo piangere in bagno; con quella fase di resistenza era nata una strana forma di pudore, quando la nostalgia ruggiva lei si nascondeva. Certe sere veniva nel mio letto, infilava il naso a punta nell'incavo del mio collo, incrociava la sua mano imburrata di crema nella mia. "Se solo mi chiamasse..." piagnucolava.

"Per dirti cosa?"

"Non sai quanto mi manca."

Quando prendeva sonno si girava e mi dava le spalle. Allora mi alzavo e vagavo per casa, oppure facevo un giro in macchina. Le stelle erano uguali per tutti nella loro asimmetria. Anche per il Fisico. La sua voce invase la stanza alle due e ventitré di un venerdì notte di fine maggio. "Ciao, scusa l'ora... Sì, scusa. Ho sentito il tuo messaggio. Se vuoi andiamo a bere una cosa, oppure mangiamo un boccone, insomma facciamo due chiacchiere, che dici? Io sono in partenza per la Cina, fammi sapere..."

Rimasi a guardare la segreteria, quella creatura parlante che aveva cambiato il corso delle nostre vite. La lucina rossa annunciava che c'era un nuovo messaggio. Brillava nella stanza traghettandovi un futuro. *L'aveva chiamato*. Spinsi il tasto rewind e cancellai la voce laconica del Fisico. Poi andai in camera, mi spogliai, mi infilai nel letto e abbracciai la schiena di mia madre.

"Dov'eri?" mi chiese.

"In bagno."

*

Scelsi la traccia su Leopardi, alla prova di architettura ci fecero progettare un albergo nei pressi di un lago, superai l'esame di matematica masticando Brooklyn alla liquirizia, alla fine avevo le mandibole in fiamme ("Ehi, bionda in terza fila, sputa quella gomma!"). Mia madre mi aspettava a casa rovesciando attimi su attimi, correndo su un tapis roulant emotivo, in cerca di un rifugio familiare. Con il Fisico aveva perso la sua casa.

"Allora, come è andata?" domandò sull'ingresso spalancando la porta appena si aprirono le ante dell'ascensore. Mi aspettava davvero.

"Bene, bene..."

Mancava una settimana agli orali, il caldo superbo ispessiva l'aria, dormivo con le finestre aperte, la testa china sui libri. Lei mi girava intorno, cercava di contenere la tensione, cucinava cose leggere, piangeva in bagno con il rubinetto aperto, abbassava la voce quando parlava al telefono, guardava il telegiornale, ascoltava rapita la storia della rivolta di piazza Tienanmen (Cina? Il Fisico era partito?), mi raccontava di un civile, uno studente che aveva affrontato i carri armati a mani nude, solo nella piazza contro un esercito infuriato. Non la seguivo, avevo problemi con la Seconda guerra mondiale, le date mi si incrociavano in testa e non riuscivo a capire una cosa elementare: il ruolo della Polonia. Le informazioni mi si affastellavano in mente, l'ansia dilagava, avevo la sensazione di giocarmi la pelle. Ero convinta che non ce l'avrei fatta, che mi avrebbero fatto passare un solo anno. Dormivo a intermittenza, mi svegliavo di soprassalto, toglievo la mollica da una rosetta, la ingoiavo e tornavo a letto. I carboidrati, mi dicevo, hanno poteri rilassanti.

Il giorno dell'orale indossai una camicia azzurra Brooks Brothers di mio padre, un paio di pantaloni di tela blu, e mi legai i capelli. Mia madre mi baciò la fronte: "In bocca al lupo, amore!".

Mi presentai davanti alla commissione con la vista annebbiata. La presidentessa era una donna sulla sessantina, corpulenta, aveva i capelli come alghe, biondo rame. Ricordo gli orecchini di perle, mi fermai a fissarli quando sopraggiunse la prima domanda e contemporaneamente accadde un fenomeno soprannaturale: mi sdoppiai. Sentii pulsare la carotide ed ebbi la sensazione di non aver afferrato il concetto, annaspai chiedendomi se fosse un quesito di storia o cosa, avevo la mente offuscata, ero tachicardica e fiaccata dalla paura. Fu allora che un'altra me sgusciò dal mio petto: più snella, assertiva, rispose veloce e aveva lo sguardo attento, lo fece volare sulla commissione mentre io mi nascondevo dietro di lei, tremando. Parlò con voce ferma, prese la palla al balzo per fare un giro di valzer e incollare gli argomenti, disse tutto quello che sapeva, sorrise alla professoressa di storia dell'arte, che aveva una trentina d'anni e gli incisivi sfumati dalla nicotina, sospirò sul Pontormo, discettò sul delitto Matteotti, parafrasò Quasimodo, concluse che avrebbe voluto fare l'università: e così l'altra me voleva laurearsi in Lettere moderne, aveva un piano.

"Il suo autore preferito?" mi chiese la presidentessa.

"Milan Kundera," risposi.

L'altra me aveva finito la performance. Mi fecero altre domande e si congratularono, mi mostrarono gli esiti dei compiti, avevo strappato un sei in matematica, nove in italiano, otto in architettura.

Mi alzai raccogliendo i fogli della tesina, ringraziai e corsi in bagno. Lavai la faccia e rimasi due minuti buoni a guardarmi nello specchio in cerca dell'altra me, senza trovarla. Eppure l'avevo vista in azione. Uscii dalla scuola, incontrai il prof di modellato: Gesù alzò il pugno sorridendo. Andai al bar a bere un succo di frutta mentre sentivo la terra ondeggiare. Poi tornai a casa a piedi, ci misi un attimo, solcavo l'asfalto, il mio motore interno girava col carburante dell'adrenalina. Era come volare sul viadotto, con le macchine che mi sfrecciavano accanto e l'aria che profumava di ozono e vittoria. Superai la sbarra e divorai le scale, quando entrai in casa la televisione andava a un volume altissimo. Il sole splendeva, mia madre era ancora in accappatoio, sulla poltrona, la cornetta in mano: "Ti richiamo," disse appena mi vide. Si alzò e mi venne incontro.

"Dimmi tutto!"

"È andata benissimo," dissi. "Proprio benissimo!"

Mi abbracciò con slancio, mi strinse forte: "Lo sapevo, lo sapevo!".

Restammo a guardarci, poi mi prese per le spalle. "Anche io ho una buona notizia, sai?"

Non feci domande. Aguzzai le orecchie. Il telegiornale infuriava con i fatti di piazza Tienanmen. L'aria era diversa, era tornata quella quiete fittizia in cui le sedute dei divani contenevano le sagome dei corpi, i posacenere erano pieni, le finestre appena schiuse, e potevo sentire il suo cuore scandire battiti regolari, senza affanno.

"Mi ha chiamato il Fisico. È a Pechino, se l'è vista brutta, molto brutta."

Feci un passo indietro.

"È da qualche giorno che lo sto sentendo di nuovo."

"Davvero?"

"Sì, oggi finalmente l'ambasciata gli ha trovato un volo di rientro. Ha vissuto giorni terribili, un'agonia."

"Immagino."

"Lo sai cosa mi ha detto, mercoledì?"

"Mamma..."

"Mi ha detto: ti amo."

L'I Ching aveva (incredibilmente) letto il futuro: avevo chiesto che fine avrebbe fatto il Fisico, non come sarebbero andati gli esami.

49. La Rivoluzione. Nel giorno stabilito, si ottiene sincerità. Suprema riuscita. Propizio oracolo. Il rimpianto svanisce.

*

Presi cinquantasei. Due anni in uno, inclusa la maturità. Cinquantasei/sessantesimi. Mi sentivo invincibile, e altrettanto si sentiva mia madre. Si era rimessa con il Fisico. "Ti amo" aveva un significato assoluto, era come per un cattolico vedere la Madonna piangere sangue. Il miracolo era compiuto, le parole uscite dalla bocca di lui in un momento di terrore avevano cancellato il passato, assestato la terra, spianato la vita.

"Ti amo." Punto e a capo.

Io a capo non ero andata del tutto, mi mancava un anno. Il liceo artistico durava quattro anni più uno, il miserevole anno integrativo per poter frequentare l'università. Nove mesi vuoti come un appartamento disabitato, tre ore pomeridiane durante le quali si disegnava sul bordo del banco e si ascoltava il walkman, mentre improvvisati insegnanti di sostegno facevano le parole crociate. Un inferno. Dormivo fino a mezzogiorno sfiancata dalla noia, e intanto mia madre viveva il suo sogno romantico, tutta candore e Baci Perugina (*Amor, ch'a nullo amato amar perdona*). Nella sua nuova esistenza lastricata di positività manteneva un contegno indecifrabile, e rimase a ronzarmi intorno come nei giorni dell'esame. Fece capolino nella mia stanza una mattina alle undici, sgranò le persiane ed esordì: "Sono tre mesi che non hai il ciclo, sei incinta?".

"No."

"Significa che stai facendo casino con il cibo."

Era vero, avevo perso tre chili in seguito a un'influenza intestinale e da quel momento avevo cominciato una lotta estenuante con la bilancia. Volevo dimagrire, ma non riuscivo a capire come fare: andavo a correre a intermittenza, digiunavo e mi ingozzavo, eliminavo la carne e ingollavo zuppe di miso e cereali, poi assemblavo salami al cioccolato e aspettavo che raffreddassero in frigo con le papille gustative in estasi.

"Vestiti, andiamo da un medico."

Un medico? Non aveva mai nominato un medico nella sua vita, i malesseri venivano derubricati come semplici inciampi, si risolvevano con un *cachet* (questa parola, "cachet", come le piaceva), e comunque la febbre metteva in moto gli anticorpi. L'organismo veniva percepito come un involucro fallace pronto a riprendersi: piuttosto, era l'amore che poteva uccidere.

"Che medico?" chiesi sospettosa.

"Una dietologa."

Abbondante, inchiodata dentro un camice bianco, la dottoressa Taldeitali riceveva nel suo studio color pastello. Mi pesò, divise la massa grassa da quella magra e mi interrogò davanti a mia madre. Prendevo la pillola da anni, senza pause?

Assumevo sei pasticche di lassativi al giorno? Facevo colazione con due cornetti al mattino? Mangiavo fuori pasto, senza religione? Inforcò gli occhiali sul suo naso aquilino dopo averci fulminate. Scrisse la dieta e la spiegò, carboidrati a pranzo, proteine a cena, due cucchiaini d'olio. Calorie contate. Aprì un cassetto e tirò fuori un quadratino di parmigiano plastificato, me lo mise davanti agli occhi: "Lo vedi, questo? Questo equivale alla metà di un piatto di pasta. Questo è un alimento del dopoguerra, serve per sfamare i denutriti, non persone come noi. È chiaro? Devi perdere ventidue chili, due al mese, e in un anno sei fuori. Ce la fai?".

Erano i tempi delle sfide.

La rinuncia ai lassativi mi appariva inammissibile, ma era lì che si annidava la vera e propria patologia, un vizio di forma che andava corretto. Quanto all'alternanza di abbuffate e digiuni, era l'orlo di un baratro nel quale non ero ancora caduta. Avevo cominciato a scalare il Veravis come aveva prescritto la dietologa, ma il risultato era che non andando in bagno mi sentivo come un pesce palla. "Non cascarci," mi ripeteva mia madre, mentre l'altra me, ingabbiata nella cassa toracica, gridava a squarciagola che voleva uscire, e la sera prima che mi addormentassi mi diceva: "Sono come un Prigione di Michelangelo, per venir fuori ho bisogno che tu sottragga, capisci?".

Mia madre bolliva ottanta grammi di pasta e li condiva con due pomodori affettati sul tagliere e un cucchiaino d'olio. Era lì, pranzo e cena: petti di pollo e insalata, pere sbucciate, formaggio magro, pesce bollito. Cucinare per me la teneva impegnata, riempiva le ore che stavano ricominciando a svuotarsi del Fisico. Un giorno dopo l'altro, la sua presenza si assottigliava assieme al mio corpo: quattro chili il primo mese, poi tre, poi due, poi due, poi due, poi l'anno integrativo finì. Mi iscrissi alla facoltà di Lettere senza alcun dubbio e trovai un lavoro. Facevo la figurante in un programma con

Gigliola Cinquetti e Lelio Luttazzi: si chiamava *Festa di compleanno*, un piccolo salotto dove i due conduttori celebravano un invitato rispolverando i suoi successi. Le luci splendevano sul piccolo set, la Cinquetti intonava una canzone appoggiata a un pianoforte nero. Un piccolo pubblico applaudiva a comando: io ero tra loro. Tre volte alla settimana infilavo la Cristoforo Colombo, arrivavo allo studio della trasmissione, mi mettevano una camicetta, una gonna, mi spazzolavano i capelli. Battevo le mani, quando il direttore di produzione alzava i palmi e sorrideva. Centocinquantamila lire a settimana.

"Non portavi la quarantasei?"

"Ora la quarantaquattro."

"Stai bene, infatti, sei dimagrita," constatava la costumista, una quarantenne dai capelli paglierini che incontravo spesso a Porta Portese: ero in una fase vintage, l'unica peraltro che mi potessi permettere in quel periodo di dimagrimento verticale. Una domenica mi comprai una camicetta serigrafata di Roberto Cavalli, e mentre mi allontanavo dalla bancarella inciampai in un cartone pieno di cuccioli, accanto a un punkabbestia con un giubbotto jeans senza maniche e Gesù tatuato sul braccio sinistro. I cagnolini erano uno diverso dall'altro, il denominatore comune era l'età: avevano tutti una manciata di mesi. Uno mi colpì in particolare. Grande come un pugno, somigliava a un lupetto, nero e marrone. Gli occhi appannati dal muco, supplichevoli e foschi. Guardava proprio me. Lo alzai con una disinvoltura soprannaturale, infilai il naso nel suo pelo scuro. Puzzava di fogna, chiedeva amore.

"Quanto vuoi?" chiesi al punkabbestia.

"Cinquemila lire."

"Come si chiama?"

"Dimmelo tu..."

"È una femmina?"

"Boh..."

La misi sul sedile della Y10 e tornammo a casa. Quando mia madre la vide, chiese: "Quello cos'è?".

"Ci farà bene," risposi.

"In che senso?"

"La porteremo al parco, crescerà con noi, sarà..."

"Fuori da casa mia, quella cosa!"

L'indomani andai dal veterinario. Lacana, così l'avevo chiamata, aveva la rogna rossa.

"Bisognerà fare delle trasfusioni... È messa malissimo, non posso garantire che ce la faccia. Se sopravvive, probabilmente perderà il pelo," sentenziò l'uomo palpandole l'addome.

La portai tre volte alla settimana in una clinica sulla Flaminia, sedevo accanto a un lupo sedato mentre le infilavano la flebo, lei stava ferma, gli occhi cisposi. Dormiva con me, cacava dappertutto (beata lei), la inseguivo armata di salviette e passavo l'Ajax ovunque, certi giorni la portavo a lezione, oppure la lasciavo in macchina con il finestrino abbassato, passavo ore a chiacchierare con la vicina di casa dell'I Ching, la mattina andavamo al parco, io correvo e Lacana mi seguiva, aveva cominciato a perdere il pelo come previsto dal veterinario e un giorno un gatto le morse la coda. All'epoca andavano di moda dei batuffoli di finto visone come portachiavi, una signora mi inseguì per la strada cinguettando: "Ha perso il portachiavi!", e mi mise la punta della coda in mano. Lacana abbaiò, abbaiava a tutti, era innocua ma profondamente diffidente, aveva paura del mondo; la sua malattia peggiorò, tutta la parte posteriore del corpo finì per squamarsi, la gente la guardava con sospetto e lei arretrava ringhiando. Aveva un debole per un solo essere umano: mia madre. La aspettava dietro la porta guaendo, si metteva a saltare quando la vedeva. Le effusioni di quella bestiola a lei facevano piacere, osservava la sua coda mozza agitarsi per la commozione del suo arrivo e le allungava una carezza, cominciò anche a legiferare sulla *sua*, di alimentazione, sostituendo i croccantini con il riso soffiato, la carne macinata. Cucinava per "le sue bambine". Certe sere si sedeva sulla poltrona in attesa della chiamata del Fisico e Lacana le saliva in braccio, sembrava che stemperasse l'attesa, restituiva con il suo corpo esfoliato quell'amore indicibile che giorno dopo giorno andava svanendo.

*

"Ti amo": il Fisico aveva pronunciato quelle parole una sola volta, quando aveva conosciuto l'avanzata dei carri armati e il suo cuore era stato folgorato dalla paura. Aveva alzato la cornetta per dire quelle parole magnetiche, ma ora cominciavano a perdere la loro aura. Era rimasta l'ombra di quell'affermazione, l'eco. La loro vita coniugale a distanza si macchiava di assenze, lacune e dinieghi, mentre mia madre teneva le redini della mia alimentazione, portava a spasso Lacana, si segnava le telefonate anonime. Un tripudio di squilli a vuoto annunciava la vita parallela del suo amore. Mi pregava di passare sotto casa del Fisico tornando dalla trasmissione, ogni tanto dall'università. "Fai un giro largo." Non lo facevo, eppure la rassicuravo dicendole che la macchina era al suo posto e la luce accesa: in salone, in cucina, mai in camera da letto. Tiravo dritta verso qualche discoteca romana dove ballavo fino a notte fonda, macinando calorie su calorie, e salivo sulla bilancia solo quando andavo nello studio della dottoressa Taldeitali.

"Brava!" esclamava lei, ripagandomi con una parola dello sforzo di un mese.

Era come la Garufi, come la Mariucci, credeva in me. Una madre provvisoria e circoscritta che gonfiava il mio petto di orgoglio: mi guardava con gli occhi squarciati dalla speranza mentre la mia, di madre, sonnecchiava sulla poltrona, accanto al telefono, certe sere accendeva e spegneva l'abat-jour anche trenta volte consecutive.

"Che fai, mamma?"

"Niente..."

"Così lo rompi."

Aveva continuato quel rituale ossessivo-compulsivo per più di una settimana, fino a quando una sera, alzandosi di scatto, mi chiese: "Me lo fai un favore?".

"Cosa?"

"Mi accompagni dal Fisico."

Non suonava come una domanda. Aveva passato la giornata china sul suo diario, tracciando un diagramma. Verso le sette il telefono aveva squillato e lei era corsa nella mia stanza sollecitandomi: dovevo rispondere.

"Ma non c'è la segreteria?"

"Cammina... Avanti!"

In principio avevo sentito un fiato, quindi avevo chiesto chi era, e dopo il secondo respiro, una voce femminile increspata aveva intimato: "Stai attenta".

"A cosa?" avevo domandato.

"Lo sai benissimo."

Clic.

Mia madre mi aveva fatto ripetere la sequenza di parole una decina di volte. Alla prima domanda ("Era una donna? Che ha detto?") avevo cincischiato. Avevo cercato nella mia testa un interrogativo che rendesse sensata la mia risposta: "A cosa?". Ma l'agitazione di mia madre aveva reso impossibile la mia missione: proteggerla. Non mi era venuto in mente nulla, dunque avevo confessato.

"Secondo te era Giada?" mi domandò più tardi in macchina mentre guidava a strappi.

Cercai di collegare la voce anonima all'immagine di quella donna seduta in un'osteria anni prima, con il cerchietto di raso bombato e le mani sul bordo del tavolo. Sì, forse sì, poteva essere la voce di Giada. Non risposi, attanagliata dal dubbio che il Fisico, insieme al suo amore ("Ti amo"), avesse confessato che qualche anno prima l'avevo incontrato in una trattoria con l'amante. Davvero l'aveva fatto? E perché lei mi aveva chiesto di accompagnarla se poi eravamo andate con la sua macchina? A cosa le servivo?

"Aspettami qui," disse parcheggiando in doppia fila davanti alla casa del Fisico. La vidi scendere e fermarsi a guardare il citofono, poi si appoggiò contro il muro e prese fiato. Alzai la testa, le luci erano accese: camera da letto, cucina, salone. Mia madre spinse il pulsante, si diede un contegno, blaterò qualcosa e sparì ingoiata dal portone.

Scesi dalla macchina e puntai il naso verso il quarto piano. La luna pendeva muta sul palazzo, il cielo friggeva di stelle. Rimasi lì con le mani in tasca, come se potessi leggere attraverso i vetri delle finestre quello che accadeva. Passarono dieci minuti, cominciai a fantasticare sul peggio. Se lui fosse stato innocentemente a casa, lei sarebbe scesa per rispedirmi indietro. Immaginai che il palazzo potesse sobbalzare come nell'esplosione di Hiroshima: un lampo di luce, lo scoppio di un tuono, muto e vertiginoso; oppure sarebbe crollato, squarciato da un suo grido. La rabbia di mia madre pesava quintali, il Fisico le aveva detto "Ti amo", i tradimenti non erano più ammessi, nulla era più lecito.

Improvvisamente la vidi uscire dal portone e correre verso di me tenendosi il polso con la mano destra. Le andai incontro.

"Portami via," disse piangendo.

Le aprii la portiera e lei s'infilò in macchina; mentre accendevo il motore mi guardò e sussurrò: "Era lei, ti rendi conto?". Posò il capo sulla mia spalla, annaspava.

Aveva la mano ferita e faticava a respirare. Quando arrivammo vicino al Tevere riuscì a raccontarmi che il Fisico aveva aperto la porta sorpreso, lei scavalcandolo aveva trovato

Giada sdraiata sul divano, le gambe nude, con un bicchiere di vino bianco tra le dita; nella stanza deformata dal silenzio e dall'imbarazzo, mia madre non era riuscita a pronunciare una parola, si era mossa decisa verso la foto di lei ragazza incorniciata nell'argento, il suo ritratto giovane e immacolato fermo su un tavolino del salone. Aveva scaraventato la cornice per terra e l'aveva frantumata. Si era tagliata. Erano volati vetri, schegge, stelle. Una sfuriata muta e psicotica.

Dopo, non era rimasta a piangere nel suo appartamento, non era andata a letto con un altro uomo, non si era scolata litri di vino al buio.

No.

Si era tolta la maschera, aveva scatenato la sua fragilità, la pazzia, la disillusione. Se l'era presa con la sua icona bionda. Aveva scelto, per uscire di scena, di flagellare se stessa.

Gentile dottoressa Bianca Garufi. Lungotevere Raffaello Sanzio, 34. 00153. Roma

Settembre 1990

Cara Dott,
volevo dirle che sono riuscita a diplomarmi e ho perso venti chili. Mi sono iscritta alla facoltà di Lettere alla Sapienza. Mia madre, dopo anni di tribolazioni, è riuscita a interrompere la sua relazione. Abbiamo una bastardina malconcia che ci tiene compagnia: "Lacana" (Lacan?). Stiamo bene. Scrivo sempre i sogni. E i miei diari.
Con affetto,
La sua giovane paziente

PARTE SECONDA

Via Oglio 10
2001

Verrà la morte e avrà i tuoi occhi.

Cesare Pavese

Ero a Torino, la città magica dove le foglie degli alberi in autunno si fanno rosse e un piccolo festival del cinema, da qualche tempo, cadenzava i miei anni. Dopo essermi laureata, ero *finita* a lavorare nella società di distribuzione di mio padre: mi occupavo delle edizioni, ero "la figlia di". Quella volta avevo dormito in un albergo accanto alla stazione, si chiamava Hotel Roma e Rocca Cavour, un edificio d'epoca con davanti i giardini educati di piazza Carlo Felice: parquet lamato color miele, letto in ferro battuto. La sera, dopo la proiezione, rientrando in albergo chiamai mia madre. Aveva la febbre, voleva sapere quando sarei tornata, aveva bisogno di una mano con Lacana: era appena stata operata, le avevano asportato una mammella per un tumore.

"Domani prendo il treno delle nove, così per pranzo sono da te..."

"Grazie, amore."

Mentre parlavo intercettai il critico che avevo conosciuto al festival, stava rientrando nel mio stesso albergo. Trentacinque anni, labbra di gommapiuma, occhi impermeabili, sorriso pudico; nell'ambiente era noto per aver scritto tre biografie: Cassavetes, Pasolini e Kieślowski. Sposato, una figlia. Girava voce che non fosse un santo. Quando mi aveva vista aveva tirato fuori le mani dalle tasche e mi era venuto incontro felice: “Ci credi che stavo pensando a te?”.

“Davvero?”

“Ti va un cognac?”

“Un cognac?”

“Un Calvados...”

Ci sistemammo nella hall dell’albergo, dove poggiammo gli zaini per terra e cominciammo a parlare dei film che avevamo visto. Stavo bene, mi piaceva lui e mi piaceva il caldo rassicurante che emanava quel piccolo albergo, i divanetti stile Impero, i grandi tappeti verdi.

“La prossima volta torno all’Hotel Roma,” sentenziai.

“Non ti fa impressione che sia il luogo in cui si è suicidato Pavese?” domandò veloce. Aveva occhiaie fonde e morbide.

“Davvero?”

“Ah, non lo sapevi...?”

“Assolutamente no.”

“Nella camera 346. Se chiedi alla reception te la fanno vedere.”

“Ti fanno vedere la stanza?”

“Sì, è rimasta tale e quale.”

“Che tristezza...”

“Ti va di fare due passi?”

“Volentieri.”

A dire la verità, non ricordavo che Pavese fosse morto suicida, ma il Critico era così competente sull’argomento che feci finta di nulla. Conoscevo solo qualcuna delle poesie di Pavese, non avevo mai letto un suo romanzo: l’unica cosa che mi era rimasta in testa era la sua data di nascita, il 9 settembre, per la ragione semplicissima che io ero nata l’8. Ignoravo l’anno. Invece il Critico sapeva tutto, mi raccontò i dettagli della vita dello scrittore mentre ci inabissavamo in una passeggiata senza meta, destinata ad allargare la notte e a posticipare il nostro commiato. Il fatto che fossimo attratti l’uno dall’altra era scivoloso come la riva del Po, che stavamo costeggiando, mentre le giunture si scaldavano, i talloni si consumavano nei passi sostenuti, le spalle si sfioravano. Intanto avevamo attraversato piazze monumentali e la città si disvelava nella sua impeccabile armonia architettonica. Le stelle ingoiavano la distanza tra di noi. Ascoltavo rapita la storia di Pavese e quella del Critico, che aveva cominciato a parlare di sé. Si era sposato giovanissimo, ma ci teneva a chiarire che il matrimonio aveva cominciato ad andare alla deriva dopo la nascita della bambina.

"Tu quanti anni hai? Sei sposata?" mi chiese con il sorriso aperto.

"Trenta. E no, non sono sposata," risposi sorridendo a mia volta.

"Perché ridi?"

"Perché non mi sposerò mai."

"Mai dire mai."

"Sono contraria ai contratti amorosi."

Si guardò i passi. Se lui aveva voglia di raccontarsi, io preferivo praticare l'esercizio dell'ascolto, volevo racimolare quante più informazioni possibili prima di decidere se finire tra le sue braccia o no. Le voci che gli sfarfallavano intorno mi spaventavano. Diffidavo degli uomini. Avevo ereditato la paura d'amare da parte di madre.

"Neanche Pavese si è mai sposato," precisò. Aggiunse che aveva amato diverse donne, e forse l'ultima gli aveva dato il colpo di grazia. Anche se, puntualizzava, non si era ucciso per amore ma per una depressione latente e oscura che l'aveva accompagnato tutta la vita. Ascoltando il Critico mi ero convinta che Pavese per suicidarsi si fosse buttato dalla finestra dell'albergo, l'avevo immaginato volare giù, visualizzando il volto immagazzinato dall'antologia di letteratura: gli occhiali tondi, i capelli scuri ravviati all'indietro, il naso importante. Me lo ricordavo con un'espressione spiritata. Invece il Critico chiarì che aveva ingollato una massiccia dose di sonniferi e aveva lasciato un messaggio: *Perdono tutti e a tutti chiedo perdono. Va bene? Non fate troppi pettegolezzi*, aveva scritto sulla prima pagina di un suo libro.

"I suicidi," disse, "sono gli unici che conoscono il giorno e il luogo della loro morte."

"Non ci avevo mai pensato..."

"Perché non sei figlia di un suicida..." ribatté.

Per questo sapeva tutte quelle cose su Pavese? Suo padre si era buttato giù dalla finestra, un giorno come un altro in cui il Critico lo aveva salutato prima di uscire e lui, dandogli le spalle, gli aveva risposto: "Ciao". Si soffermò parecchio su questo dettaglio, la schiena del padre, gli sguardi che non si erano incrociati l'ultima volta: per il Critico era la prova lampante che fosse un gesto premeditato e non dettato da un impulso improvviso. No, il padre l'aveva deciso. Diversamente, quella sera avrebbe guardato suo figlio negli occhi.

Fu quest'ammissione che mi spinse verso di lui. Assieme alla tentazione inopportuna di passare le dita sul suo capo ricoperto da un centimetro di capelli neri, morbidi come mussola. Dopo la carezza il Critico mi afferrò la mano e ripercorremmo la strada a ritroso, precipitando il cammino. Il primo gesto era stato nelle mie mani, ora la nostra storia avrebbe assecondato le sue leggi selvagge e private. Che fine avremmo fatto? Non riuscivo più a ragionare, fiaccata dalla stanchezza e dalle confidenze che aveva elargito: la sua vita somigliava a un romanzo russo. Ci dirigemmo nella sua camera, salimmo a piedi e mi indicò la stanza 346, in fondo a un corridoio con una passatoia rossa, poi entrammo nella sua stanza e rimanemmo svegli per le poche ore che ci restavano a disposizione.

Eravamo magrissimi e cristallizzati in quella prima notte. Il Critico si addormentò in un soffio verso le otto, mentre io scesi nella mia camera, chiusi la valigia e andai alla reception.

"Niente colazione?" mi chiese una ragazza intubata in un tailleur blu che ricordava la divisa di una hostess.

"No... ma avrei una richiesta."

"Dica pure."

"Vorrei vedere la stanza 346."

Non rispose nulla, prese la chiave da un cassetto e venne davanti al bancone: "Le faccio strada". Camminò davanti a me dondolando su polpacci robusti segati da grandi caviglie. Le scarpe marroni scamosciate, la treccia come un pendolo sulla schiena. In ascensore abbassammo le teste. "Le faccio strada," ripeté come un automa mentre percorreva il corridoio. Aprì la stanza e accompagnò la porta lasciandomi entrare. La camera era stretta e lunga, con un letto singolo (mi spezzò il cuore) accanto al quale c'era un vecchio telefono di bachelite appeso al muro, una scrivania, un comodino, e in fondo la finestra dalla quale avevo immaginato che Pavese si fosse lanciato. No, povero Cristo, si era sdraiato in quel letto da bambino aspettando di morire. La ragazza mi indicò la scrivania: "Lì si è seduto per scrivere una frase sulla prima pagina del suo libro *Dialoghi con Leucò*. Il titolo era un omaggio al suo grande amore, Bianca Garufi, infatti *leukós* in greco significa 'bianco'".

"Cosa?"

"Lì si è seduto..."

"Un omaggio a chi?"

"Bianca Garufi..."

"Grazie," dissi confusa, e uscii senza aspettarla.

Corsi nella stanza del Critico, bussai forte, lui aprì fulmineo, a torso nudo, l'ombelico come un bottone, la pelle ramata, s'infilò i jeans al volo.

"Che paura," esclamò vedendomi. "Per un attimo avevo pensato che fossi andata via senza salutare, stavo venendo in stazione..."

"Sono andata a prendere la valigia..."

"Aspettami un attimo, ti accompagno..."

"Senti, ti devo fare una domanda."

"Tutto quello che vuoi..." Nei suoi occhi sbrilluccicavano amore e devozione.

"Chi era Bianca Garufi?"

"Siciliana, aristocratica, militante e traduttrice, ha lavorato diversi anni alla Einaudi, scrittrice, saggista... Un amore impossibile di Pavese, hanno scritto un libraccio a quattro mani, *Fuoco grande*, alla fine si è messa a fare la psicoanalista... junghiana, se non sbaglio. Non so se sia ancora viva, però... Che faccia che hai, dormito poco?" Sorrise.

"Eh, sì..." Mi sforzai di scrollarmi via lo stupore dal viso, non riuscivo a credere a quello che avevo appena sentito.

"Sei venuta per me o per la Garufi?"

"Per te."

"Allora che fai, me lo dai un bacio?"

Un bacio in cui il Critico consumò gli ultimi scampoli della notte, sembrava chiedere guaendo amore eterno con i movimenti languidi della sua lingua porosa, mentre io cercavo di mettere insieme l'immagine della mia psicoanalista e quella di scrittrice, traduttrice, amante di Pavese. Quella di dominio pubblico.

*

Prima di andare a casa di mia madre, passai dalla mia. Nella cassetta delle lettere trovai la bolletta del gas, una multa, una lettera dell'AIRC, la risposta di una rivista che voleva pubblicare un mio articolo su un film. Cestinai la lettera dell'AIRC, strinsi i pugni, mi misi le scarpe da ginnastica e andai a casa di mia madre.

Quando arrivai in via Oglio, nel suo appartamento al primo piano di un villino grande come una noce del quartiere Trieste, lei non c'era. L'aveva acquistato dopo la morte di mia nonna, una volta entrata in possesso di tutta la sua eredità. Si era trasferita dopo otto anni che ero andata via di casa. La scelta della zona mi aveva stupito, ero certa che sarebbe tornata in centro (dove peraltro ero finita io), invece aveva preferito dislocarsi nel quartiere dove aveva vissuto con mio padre; la decisione sembrava dettata dalla prossimità con il parco di Villa Ada: mia madre aveva cominciato a vivere per Lacana. Per questo non c'era, non aveva resistito alla tentazione di portarla fuori. La chiamai sul cellulare.

"Dove sei?"

"Al parco."

"Non avevi la febbre?"

"Sì, ma Lacana doveva uscire..."

"Arrivo."

La trovai all'altezza di via Panama, seduta su una panchina, aveva il guinzaglio attorno al collo come fosse una collana, il giornale stropicciato sulle ginocchia, il viso appassito. Lacana era sdraiata accanto ai suoi piedi, respirava con la lingua penzoloni. Lungo l'addome era disegnata una ferita verticale suturata con delle graffette. Il sole scolpiva quelle due creature al centro di un freddo impassibile che aveva ammantato il prato di brina.

"Mamma, non potevi aspettare un attimo?"

"Abbiamo preso un po' d'aria... Lei si deve muovere, amore, l'ha detto il veterinario."

Tutto il suo mondo ruotava attorno al cane, dalla lunga passeggiata mattutina alle frequentazioni, le nuove persone che abitavano la sua vita quieta e sommersa. Ciascuna aveva un avatar a quattro zampe che le somigliava, il transfert con le bestie era disarmante; pastori tedeschi e poliziotti, Golden Retriever e simpaticoni, barboncini e tenerezze, bassotti e intellettuali, bastardini e adattamento... Era come con i segni zodiacali, i cani indicavano le caratteristiche dominanti dei padroni e viceversa. Parlavano di Tito, Milton, Eta Beta, Catullo come se fossero i loro figli, organizzavano scampagnate per portarli in luoghi incontaminati, si trovavano a casa dell'uno o dell'altro a mangiare attorno a tavoli tondi mentre le bestie sedevano vicino ai padroni alitando un appetito smanioso, e pezzi di cibo volavano in aria afferrati da mandibole saettanti. Dormivano con i cani, parlavano con i cani, vivevano per i cani. Mia madre aveva trovato posto in quella folle famiglia, le era tornato il buonumore, eppure non era ancora del tutto libera: la sua esistenza era condizionata. Andava in villeggiatura nella casa di Porto Santo Stefano, portava Lacana nella porzione di spiaggia semideserta dove non si sentiva in pericolo: l'indole schiva e arrabbiata dell'animale era rimasta inviolata e, crescendo sotto la protezione di mia madre, era stata consacrata a "caratteraccio". La giornata ruotava intorno alle esigenze di Lacana, le uscite al mattino, dopo pranzo, prima di cena, a mezzanotte. Se un film durava più di tre ore, mia madre rinunciava ad andare al cinema. Trattava Lacana come un essere al quale era impossibile non dare un'attenzione maniacale. La vegliava, l'ammansiva, la difendeva a spada tratta.

"Maschio? Femmina?"

"Femmina..."

Le conversazioni al parco iniziavano spesso così. Mia madre metteva subito le mani avanti sul tema accoppiamento, mentre Lacana si lasciava annusare il buco del culo tremando, oppure schiacciava le orecchie a terra e il suo ringhio partiva dallo sterno: "Preferiamo non essere disturbate, grazie". Usava il plurale non a caso: le giornate scivolavano ritmate da papponi di riso soffiato e carne macinata, letture, pisolini, discese nel bosco, sigarette, pasti caldi, caffè, chiacchiere con le amiche, giornali, scampagnate, film e la sottoscritta; gli uomini non esistevano più. Il Fisico era definitivamente uscito di scena, chi lo vedeva spesso ero io: abitavo dietro il suo dipartimento, le stagioni passavano e lo incontravo di frequente.

"Come stai?" gli domandavo.

"Da povero vecchio."

Di lei non chiedeva, e quando mia madre mi domandava se per caso l'avessi mai rivisto, negavo nella maniera più assoluta. Il Fisico non andava nominato, rivangato, doveva svanire nella memoria, dissolversi come un miraggio all'orizzonte. Usavo sempre lo stesso trucco, occultavo la verità, nascondevo le prove, omettevo. Nella mia grammatica sentimentale, con lei fare finta coincideva con la salvezza.

Il posto del Fisico era stato preso da Lacana. L'amore efferato e totalizzante di mia madre si era riversato su di lei.

"Penso di essermi presa un virus dal veterinario..."

"Nello studio?"

"Sì, sono indolenzita, mi fa male tutto, anche la schiena. Dopo l'operazione l'ha messa nella gabbia più bassa e sono rimasta tre giorni seduta per terra per toccarla: il risultato è che ho, come minimo, un gran mal di schiena."

L'aveva fatto anche con me quando mi ero rotta il femore: nel reparto ortopedico del San Giacomo, era rimasta per un mese seduta su una sedia con la mano posata sulla mia anca. Mi faceva pensare a quei genitori nei reparti di neonatologia che infilano il braccio nella scatola della terapia intensiva, solleticando con le dita il corpo del loro bambino, i polpastrelli amorosi: resuscitando la vita. Anche le sue mani venivano in soccorso. Erano calde e affettive, pranoterapeutiche. Erano le mani di una madre. Vegliava i suoi amori con una tenacia inesauribile.

"Andiamo a casa..." proposi.

Si alzò a fatica, pallida e sfibrata, cercò l'equilibrio e si batté le mani sulle cosce: "Su, Mimmilì, andiamo!".

Lacana si voltò svogliata e fece leva sulle zampe posteriori, con enorme sforzo si tirò su accanto alla sua padrona e si mossero sincronizzate, a passo lento. Si trascinarono una accanto all'altra fino alle strisce pedonali, attraversarono mentre il vento di novembre sembrava risospingerle indietro. Le afferrai la mano e cercai di accelerare i tempi: il problema non era solo Lacana, mia madre non si reggeva in piedi.

"Quanto hai di febbre?"

"Non lo so, non ho il termometro."

La mano era bollente, gli occhi liquidi. Ci mettemmo dieci minuti buoni per arrivare all'appartamento. Quando entrammo mia madre posò il guinzaglio e Lacana corse sul letto. Lei rimase spaesata con il piumino addosso. "Fa un freddo..." disse.

"Ti faccio un tè?"

"No, ho la nausea da tre giorni, non riesco... Non mi va, grazie."

"Sono tre giorni che non mangi?"

Non rispose, si chiuse in bagno. Sugli affari di salute minimizzava, non le piaceva parlare del suo corpo. Uscì dal bagno e si stese accanto a Lacana, precipitata in un sonno letargico. La stanza era piccola: il letto, il comodino, l'armadio, la finestra con l'inferriata che dava su un giardino ombroso.

"Com'è andata a Torino?" mi chiese.

"Bene. Ho conosciuto un uomo, un critico, bel tipo. È sposato, ha una bambina..."

Spalancò gli occhi: "Non si va con gli uomini sposati...".

"No?" Risi.

"No." Era serissima.

"Okay."

"Con una figlia, poi..." Fece un verso di disgusto, non capivo se per la storia del Critico o per la nausea. "Non ti ha insegnato niente la vita?"

"La vita, mamma?"

"Cosa?"

"Se c'è una cosa che mi ha insegnato è che genitori e figli non sono amici..." risposi.

"In che senso?"

"Lo so io," tagliai corto.

Rimase a osservarmi nella penombra, girò il capo e allungò la mano sulla pelle squamata del suo cane. Le dissi che sarei andata a comprare della Tachipirina e al mio rientro avremmo chiamato il medico.

Chiuse gli occhi e annuì. Mi aveva fatto saltare i nervi con la sua predica sugli uomini sposati, e non sopportavo la sua sconsideratezza: non mangiava da tre giorni. Mi costringeva a quella danza, l'"inversione dei ruoli", come l'aveva chiamata la Garufi. Già, che fine aveva fatto la Garufi? Volevo leggere i suoi libri, scoprire tutto di lei. A questo pensai mentre ero in fila nella farmacia davanti a casa: a Pavese e alla mia psicoanalista. Al fatto che quella donna che nella mia fantasia "apparteneva" esclusivamente a me e a uno sparuto numero di pazienti, era invece una firma della letteratura italiana, l'amore di uno degli scrittori più importanti del nostro paese. La persona che un tempo non faceva che ripetermi che la scrittura era un luogo di salvezza aveva fatto dei libri la sua vita.

"Come sta la mamma?" mi chiese la farmacista con gli occhiali che pendevano, appesi a una catenella, su un seno giunonico.

"Insomma... Forse ha un virus intestinale."

"Ah, mi spiace. Gira, sì. Cosa le do?"

"Un termometro e della Tachipirina."

"Plasil, per la nausea?"

"Okay, grazie."

"Ha ragione sua madre..."

"Su cosa?"

"Lei è una ragazza meravigliosa..."

"Grazie."

"È tanto fiera di lei."

Con quel complimento inaspettato fece esplodere il senso di colpa per aver risposto male a mia madre. Tornai indietro mentre il sole s'incuneava dietro la strada dove dormiva il piccolo villino, infilai la chiave nella toppa e vidi Lacana venire verso la porta, si trascinava mollemente, marcava il territorio per un senso di appartenenza. La superai, dissi a voce alta: "Mamma, eccomi... Ho trovato tutto".

Quando entrai era ancora sdraiata con la testa sul cuscino, mi sedetti sul bordo del letto, la sua bocca si deformò, come ricacciando dentro qualcosa. Corrugò la fronte e cominciò a piangere.

"Mi dispiace..." disse puntando lo sguardo sulla parete bianca. "Hai ragione, genitori e figli non dovrebbero essere amici, lo so che cosa intendi..." sussurrò lei. Quella frase smozzicata mi fece retrocedere, spostai il busto indietro, cercai di mettere a fuoco la sua espressione, poi vidi le dita chiudersi in un pugno saldo. "Il punto è che io..." continuò balbettando.

"No, non dire niente..." le risposi.

Fu un riflesso improvviso e inatteso. Erano anni che aspettavo quel momento, mi chiedevo se un giorno sarebbe arrivata un'ammissione, una resa dei conti, la possibilità di parlare di ciò che era accaduto: aspettavo segretamente che venisse a me. Ma in quell'attimo la sua debolezza faceva spalancare la mia, la sua fragilità scatenava un dolore ignoto, che volevo rimanesse sepolto. Parlare significava aprire la ferita originaria, riportare in superficie un mondo andato dal quale avevamo preso (finalmente) distanza. Il passato in quel momento mi sembrava inaccessibile. Un giorno avremmo chiarito. Le avrei chiesto perché era stata tutti quegli anni con il Selvaggio, perché aveva perso il rispetto per se stessa nella storia con il Fisico, perché non mi aveva protetta dai pestaggi, dall'insonnia, dalle telefonate, dai pianti, dalle sbronze, dagli appostamenti, dal suo pianeta.

Mi guardò con i suoi occhi smarriti, rovesciò la testa sul cuscino, espirò ponendo la sua febbre nelle mie mani mentre uscivo dalla stanza per telefonare al dottore; non immaginavo certo di aver perso l'attimo, di aver appena infilato il piede in una diga destinata a crollare.

*

Per cinque giorni feci avanti e indietro da casa di mia madre per portare fuori Lacana, bollivo brodo vegetale e riso Carnaroli. Febbre, vomito e nausea non cessavano, assieme a un mal di schiena che le levava il fiato. Chiamai il dottor Garbato e presi appuntamento. Se mia madre trascurava i malanni, io invece ero molto attenta. Questo medico, che mi era stato presentato da mio padre, mi piaceva perché era scrupoloso ma al contempo profondamente rassicurante: sapeva leggere il filo di ipocondria che mi attanagliava ed era capace di domarlo, la sua strategia consisteva nella spiegazione tecnica di certi sintomi. Mi rovesciava addosso l'anatomia semplificandola, non trascurava il potere della psiche. Non era un allarmista ma non minimizzava, infatti chiese di visitare mia madre – le medicine prese in quei giorni avrebbero dovuto sortire qualche effetto.

Arrivammo nel suo studio nel tardo pomeriggio, il medico la auscultò e disse che voleva fare un'ecografia, lei si stese sul lettino e si slacciò la cintura facendo roteare lo sguardo attorno a sé: stampe antiche di cani rapivano la sua curiosità mentre il medico, stendendo il gel sull'addome, le faceva domande precise sui sintomi. Lei era evasiva, domandò solo se nella quarta stampa fosse ritratto un bracco italiano oppure ungherese.

"Ungherese," rispose Garbato posando la sonda dell'ecografo accanto all'ombelico. Il medico aveva una fisionomia degli anni cinquanta: stempiato, i capelli pettinati ai lati, il naso gentile, la bocca carnosa. I suoi modi richiamavano il nome. Rimanemmo in un silenzio interlocutorio nello studio, scaldato dai mobili in legno, il pavimento di cementine celesti, le foto di famiglia. Mi sembrò che muovesse lo strumento con il polso, e che insistesse su un dato punto. Guardavo il monitor, incapace di leggere le immagini sabbiose che lui incorniciava in un quadrilatero nello schermo e immortalava in piccole foto, sputate subito dopo dalla stampante. Era concentrato e assorto, teso. Finalmente cessò la sua indagine e diede della carta a mia madre per ripulirsi. Lei se la passò sull'addome, tirò su la cerniera e si rimise in piedi. Nessuno dei due disse nulla.

"Allora?" chiesi.

Levandosi gli occhiali Garbato rispose che bisognava fare una risonanza magnetica: un rene era più grande dell'altro, ma poteva essere un fatto congenito, e il pancreas era girato in un certo modo, con l'ecografo non riusciva a vedere bene.

"Cosa?" avrei voluto dire, mentre lei si avvicinava all'immagine di un bassotto a pelo corto, in posa come fosse un levriero, e commentava che anche suo padre aveva avuto uno di quei cani: "Bestiole adorabili, con un bel caratterino".

"Infatti," rispose il dottore sedendosi alla scrivania di rovere e alzando il telefono. Chiamò una clinica e prese appuntamento per il giorno successivo, sincerandosi che ci fosse il dottor Pincopallo. Scrisse qualcosa su un foglio e lo diede a me, perché mia madre non si era (neanche) avvicinata, era rimasta davanti alla parete a camminare con gli occhi sulle stampe. Cercavo nello sguardo di Garbato il nome del male che non aveva pronunciato, ma lui mi sfuggì deliberatamente accostandosi a lei, blaterando qualche altra sciocchezza sui cani, conversando sui Fox Terrier, i suoi preferiti. Dopodiché ci accompagnò alla porta e disse che ci saremmo sentiti l'indomani.

In macchina mia madre non proferì parola, restando abbandonata contro lo schienale, e io guidai piano fino a casa, la misi a letto, le preparai una mela cotta e portai fuori Lacana. Assolti i miei doveri, mi infilai in macchina e chiamai mio padre.

"Ho portato la mamma da Garbato, sta male da una settimana. Le ha fatto un'eco all'addome, dice che non vede, ha chiesto una risonanza. Parlagli, per favore. Non ha voluto dirmi cos'ha, ma lui ha visto, ha visto eccome..."

Mio padre richiamò dopo una decina di minuti riportando la versione del medico: non era riuscito a inquadrare il pancreas.

"Ma cosa ipotizza ci sia nel pancreas?"

"Non l'ha detto."

Garbato giocava il mio stesso gioco, quello dell'elusione: conoscevo le regole, ma non riuscivo a capire se non avesse avuto il fegato di sputare la sentenza o se effettivamente non era riuscito a valutare l'entità del male, e brancolava quindi nel buio. Quale che fosse la versione, ero rimasta sbigottita dall'indifferenza di mia madre e dall'indecifrabilità del medico. Rimasi sveglia a guardare la grande piazza su cui affacciava la mia camera da letto: le palme sbucavano dal giardino centrale abbandonato, i clochard dormivano sotto i portici, la luna era circondata da un banco di nuvole. Una notte buia, bugiarda, dominata da un pensiero maligno. Mi interrogavo sull'inconsapevolezza di mia madre, sulla leggerezza con la quale aveva affrontato la visita confondendo l'anamnesi con l'interesse per i cani. Avevo la sensazione che nascondesse la testa sotto la sabbia, che non volesse vedere. Per lei il bicchiere era sempre mezzo pieno, non prendeva in considerazione le infinite variabili che condizionano una vita, fuggiva la realtà mentre io pencolavo in un mondo opposto, immaginavo gli imprevisti nascosti negli angoli, temevo sempre il peggio. Quella notte più che mai. Per questo il giorno dopo arrivai con grande anticipo a casa sua e la trovai addormentata accanto a Lacana. Aprendo la finestra scoprii che era gialla: giallo il viso, le sclere, gli arti. Rimasi senza fiato mentre lei si alzava, si lavava i denti, si vestiva stancamente chiedendomi di portare fuori il cane. Non si era vista riflessa nello specchio? Non disse nulla. Niente. Arrivammo alla clinica e sbrigai tutte le pratiche, intanto a lei toccava il liquido di contrasto. Restammo ad aspettare che entrasse in circolo in una sala congelata dal neon, e dopo mezz'ora mi disse: "Lo sai, mi sento meglio...".

Era gialla come la camomilla, un minerale prezioso. L'accompagnai fino al macchinario dove si stese diligentemente, intontita dalle parole dell'infermiera che le diceva di non muoversi, non spaventarsi per il frastuono, e che poteva premere il pulsante in caso di asfissia o panico: "Lo tenga nella mano destra, va bene?".

"Va bene," rispose lei stringendo il filo, stendendo le braccia lungo il busto.

Le baciai la fronte e tornai nella sala d'aspetto. Osservai un piccolo televisore appeso alla parete: le Torri Gemelle che precipitavano come castelli di carte, il volto contrito di Bush davanti a un microfono, l'immagine di Osama bin Laden con la testa fasciata dal suo turbante bianco. Quelle immagini venivano proiettate in continuazione ormai da quasi tre mesi, gli Stati Uniti avevano appena annunciato il ritrovamento di un nastro in una casa diroccata a Jalalabad, in Afghanistan, dove bin Laden parlava degli attentati. Al-Qaida, Boeing 767, Khaled al-Harbi, Al Jazeera, Pentagono, talebani: i timpani del mondo si erano riempiti tutti delle stesse parole, sulle retine erano rimaste impresse le stesse immagini. Il terrore suscitato dagli attentati mitragliava la quiete di milioni di persone, forse per questo avevo così paura, perché la terra tremava scossa dal panico. Decisi di chiamare Garbato per sapere quando avrei potuto portargli gli esiti della risonanza, mi rispose al secondo squillo ed esordì con una frase inaspettata.

“Ciao,” disse, “avete fatto? Ho preso appuntamento con un buon oncologo, chiedi di darti il referto scritto, le immagini le recuperiamo in un secondo momento, dobbiamo muoverci, non c’è tempo...” Mi si sfocò la vista, cercai la voce per replicare qualcosa quando una suorina vestita di grigio mi si parò davanti e mi annunciò: “Il dottore vorrebbe parlarle...”. Salutai Garbato promettendo di richiamarlo appena possibile e, in preda al terrore, seguii la donna, che invece di camminare sembrava pattinasse verso un corridoio stretto. Entrai in una stanza oscurata. Oltre un grande vetro si vedeva la macchina della risonanza, intravvidi le gambe di mia madre sbucare dal cilindro; un medico imbustato in un camice bianco osservava il suo intestino luminescente su un monitor. Nel vedermi entrare saltò in piedi. “La figlia della signora, giusto?”

“Sì...”

Un uomo alto come una montagna, con due baffi neri come lacci di liquirizia e una voce profonda e graffiante.

“Prego, si accomodi...” Indicò la sedia accanto al monitor.

Mi misi vicino a lui, e guardai le immagini che cambiavano sullo schermo, somigliavano a certi avvistamenti della Terra dallo spazio; con la punta di una penna, indicò una macchia bianca: “Vede qui...” mi disse, circoscrivendo la zona. “Abbiamo un processo neoformato di circa sei centimetri fortemente necrotico a livello della regione cefalo-pancreatica. Il fegato è molto ingrossato e presenta lesioni di tipo secondario. Si sta formando un’ascite a livello pelvico... Intendo che l’addome si sta riempiendo di liquido. È gialla per via dell’ittero, le vie biliari sono occluse.”

Mi appoggiai allo schienale della sedia, espirai cercando di mantenere il controllo, e balbettai: “Non credo di aver capito tutto”. Lui lanciò uno sguardo verso il macchinario della risonanza, poi alzò una mano, sembrava volesse toccarmi una spalla o forse il ginocchio, poi desistette, posò il palmo sul tavolo e parlando piano annunciò: “È un tumore incredibilmente aggressivo, in stato avanzatissimo, ci sono metastasi ovunque... Le vie biliari si possono sbloccare con uno stent, è un intervento da niente, ma la situazione generale è drammaticamente compromessa... Purtroppo parliamo di venti, trenta giorni al massimo...".

Sentii un morso nelle viscere, all'improvviso dovevo andare in bagno. Poi il sangue si raffreddò dal capo in giù. Le arterie mi si congelarono pian piano, un freddo glaciale invase il corpo e poi di colpo si fece fuoco; istintivamente scattai in piedi come fossi una molla senza controllo, ma un attimo dopo sentii le gambe cedere, immaginai di essere come la prima delle Torri Gemelle, quella Nord, sentii che sarei precipitata polverizzandomi. Poi sarebbe stata la volta di mia madre. Invece rimasi eretta, mentre anche l'uomo Montagna si alzava e mi osservava con le mani infilate nelle tasche del camice.

"Ha cinquantacinque anni," dissi. Come se sottolineando l'età avessi potuto sventare la condanna a morte che il medico aveva appena proclamato.

"Deve parlare subito con un oncologo, deve farla ricoverare," rispose lui.

"Cosa le racconto?"

Alzò le spalle, inclinò il capo: "Aspetti di parlare con uno specialista, non tocca a lei... Le dica che ha una pancreatite: mitighi, ometta...".

Mi stava consigliando di fare quello che facevo da tutta la vita. L'uomo Montagna era della stessa pasta di Garbato. I medici parlavano la nostra stessa lingua.

*

Mia madre non chiese nulla, il suo corpo non le interessava, non era affar suo. Riguardava me, solo me. Dopo averla portata a casa, raggiunsi Garbato: mi aveva dato appuntamento in una clinica del quartiere Trieste, dove c'era un chirurgo specializzato in urologia e apparato digerente. Era anche un oncologo? Non ne avevo la benché minima idea, ero precipitata nel girone dei tumori, dei malati terminali, da troppe poche ore. Guidavo in uno stato ipnotico, avevo la sensazione che tutto fosse ottuso, labirintico. Non percepivo bene i suoni, l'aria era sbiancata, sembrava piena di saccarina. L'unica cosa che percepivo distintamente era il mio cuore, i battiti somigliavano a pugni interni: rombi nello sterno. BUM, BUM, BUM. Arrivai alla clinica con cinque minuti di anticipo, mi avviai lungo il viale. Era una villetta bianca circondata da un giardinetto addomesticato, le porte a vetri automatiche, il grande bancone dell'accettazione; Garbato era lì, con la sua valigetta di pelle in mano, il loden che gli cadeva a piombo sulla silhouette snella. Mi prese sottobraccio e mi indicò una porta. "Vieni, ci aspetta." Chi?

Il Mondano.

Era seduto alla sua scrivania, ci venne incontro fasciato in un gessato in fresco lana, i capelli chiari e gli occhi di ferro, mani grandi, la fede che gli strozzava l'anulare. Fu la prima cosa che guardai, le mani: pregai che sconfessasse la diagnosi dell'uomo Montagna e poi le infilasse nel corpo di mia madre, che la facesse a fette e me la restituisse. Si alzò per presentarsi, sorrise come un maremmano tonto, un sorriso di circostanza, per educazione, ma l'espressione sul mio volto dovette togliergli ogni maniera, perché se lo rimangiò e tirò dritto verso la scrivania. Lesse il referto, chiese le immagini.

"Le mandano stasera," rispose Garbato.

"Sblocco le vie biliari con uno stent... Posso operare domattina. Non apro, eh, infilo una sonda... Per il resto, mi dispiace... non c'è niente da fare, la neoplasia è troppo estesa, metastasi ovunque... Il pancreas non si tocca."

Aveva naso e labbra incisi dalle rughe, un'ombra di forfora sulle spalle. Il telefono interno squillò, lui lo osservò, poi disse: "Un attimo". Prese la cornetta. "Mmm... no. Cortina,

Natale, non credo. Proviamo a febbraio? Ti chiamo. Sì. Ciao. Ciao. Cià...” Tornò a me. “Dicevamo?”

“Il dottore della risonanza ha detto venti, trenta giorni al massimo...” balbettai.

“È corretto,” confermò.

“Quando è iniziato?” chiesi.

“Non lo sappiamo, è un tumore silente, aggressivo, micidiale...”

Micidiale, che parola.

“Certo, è un po’ che è lì. Sei mesi? La mamma non ha avuto nessun fastidio ultimamente?”

“Non che io sappia...”

“Perdita dell’appetito, nausea, feci chiarissime?”

Tre mesi prima, a fine agosto, ero passata a trovarla all’Argentario, eravamo andate alla Giannella e avevamo steso i nostri parei sulla spiaggia. Mia madre leggeva *Balzac e la Piccola Sarta cinese* di Dai Sijie, un libro Adelphi dalla copertina azzurra; Lacana stava sul bagnasciuga a discutere con il mare, indietreggiava e avanzava inseguendo le onde tenui, abbaiava ai granchi come fossero mostri marini, il cielo era pulito, il sole alto, i nostri corpi gettavano ombre filiformi.

“Facciamo a chi arriva prima alla boa!” aveva detto lei improvvisamente alzandosi di scatto.

Il costume intero incrociato sulle spalle, i capelli biondi che scintillavano sotto i raggi, rideva con i suoi denti alti, era partita affondando le gambe lunghe nel mare, correva come un’antilope, si era tuffata, aveva scolpito l’acqua con bracciate olimpiche, la regina dello stile libero, poi si era inabissata gli ultimi tre metri ed era riapparsa guizzando in alto, aveva agganciato la boa, gridando: “Prima!”.

“Mi ascolta?” domandò il Mondano.

“Sì, certo... Nessun sintomo.”

“La dobbiamo ricoverare, stasera.”

“Mia madre non ha chiesto...”

"Ci sono due tipi di pazienti," specificò il Mondano aprendo un cassetto. "Quelli che vogliono sapere e quelli che no." *Quelli che no?* "La situazione è così compromessa che se non chiede significa che non vuole sapere. Cosa le diciamo? Muori tra venti giorni?"

Di nuovo la stretta allo stomaco. Dovevo andare in bagno.

"Raccontiamole che ha una pancreatite, una malattia rognosa del genere. Confidiamo nel coma epatico..." decise.

"Coma epatico?"

"Sì, a un certo punto il fegato smetterà di funzionare e la mamma entrerà in uno stato di incoscienza, morirà senza accorgersene... Speriamo." Richiuse il cassetto.

La mamma. L'immagine del Mondano era riflessa sul grande tavolo di vetro. Rimbalzai indietro fissandolo. Lo detestavo. Come parlava, tagliava corto, non mi guardava negli occhi. Non era solo per quello che mi stava dicendo. Non avevo provato lo stesso disgusto verso l'uomo Montagna, eppure il senso del suo discorso era lo stesso, così come la malattia da comunicare: una pancreatite. Il Mondano si era espresso in modo scivoloso, frivolo, inopportuno, non avrebbe dovuto fare il medico. Mi venne in mente *Il posto delle fragole* di Bergman, il professor Isak Borg e il suo sogno: è in un'aula universitaria e viene interrogato da un austero professore. Alla domanda: "Qual è il principale dovere del medico?" non sa cosa dire. Il professore gli impone la risposta tuonando: "Il primo dovere di un medico è chiedere perdono". All'improvviso mi parve di capire quella scena che avevo visto decine di volte.

Il Mondano non lo sapeva? Probabilmente aveva le mani d'oro, ma a me le sue mani non servivano. Servivano l'educazione, l'empatia, la sensibilità e lui, cazzo, non ne possedeva neanche un milligrammo.

Lo salutai dicendogli che sarei tornata con mia madre entro un paio d'ore. Ci scambiammo i numeri di cellulare e tante care cose. Toccò al dottor Garbato digerire la mia disperazione. Scoppiai a piangere subito fuori dalla clinica, lui mi tenne stretta come un vecchio zio, non fiatò, sosteneva il corpo e l'anima con una presa delicata e umana. Avrei voluto chiedergli perché non mi aveva detto tutto subito, ma così rischiavo di allontanarmi e io avevo bisogno dell'esatto opposto, cercavo un approdo, un'àncora. Guidai verso casa di mia madre, l'aria era bianca, collosa. Scivolai dentro l'appartamento, Lacana mi raggiunse.

"Sei tu?" pigolò lei dalla sua stanza.

Era distesa, accesi la luce: il suo viso era giallo ruggine. "Mi sento un po' meglio," sussurrò.

Mi sedetti in fondo al letto. Le toccai le dita dei piedi sotto il piumino. Parlai piano, cercando di contenere l'inverosimile. "Allora, adesso ci prepariamo e andiamo in una clinica qui vicino. Domani ti fanno un piccolo intervento, le vie biliari sono occluse, ti mettono uno stent, lo infilano dalla gola... Hai visto che sei gialla?"

"In effetti non sono rosea..." sorrise.

"Infatti. Dovrai stare lì per un po'..."

Aspettai che mi chiedesse perché mai aveva le vie biliari occluse e quale fosse il suo male, pronta a usare quella parola sconosciuta: pancreatite. Invece spalancò gli occhioni e si tirò su con sforzo, come se muoversi equivalesse a una sfida.

"Ma come faccio? Lacana?" La bestia si avvicinò al letto e lei le carezzò la testa.

"Ci penso io, la porto da me..."

"Da te? Ma questa è la sua casa, il suo mondo, qui ha tutti i suoi odorini, la cuccia, il parco..."

"Posso trovare un dog-sitter che stia qui... Chiediamo a Manuela." Era una ragazza del parco che si era affezionata a Lacana.

"Oddio, quanto ci costerà. Per la clinica c'è l'assicurazione, ma Manuela in pianta stabile..."

"Be', i soldi mi sembrano l'ultimo dei problemi."

"Quanto dovrò stare in questa clinica?" chiese lasciando scivolare le dita sulla pelle squamata di Lacana e abbassando le palpebre. Era infastidita dalla luce.

Trattenni il fiato, mi alzai per accostare le persiane, non avevo il cuore di guardarla.

"Una ventina di giorni."

"Una ventina di giorni? Ma Lacana muore se non mi vede per venti giorni. È vero, Mimmilì?"

L'animale saltò sul letto, il fiato caldo, l'addome ricucito, la coda mozza che tamburellava. Spinse il muso sul viso di mia madre, guaendo. Aveva il privilegio di poter piangere, di farsi coccolare, di abbracciare il commiato. Mi voltai di nuovo verso il giardino: "Lacana non morirà, te lo prometto," dissi ingoiando l'abisso.

Novembre-dicembre 2001
20 giorni

> La malattia è un luogo dove non trovi mai compagnia, dove nessuno ti può seguire.
>
> FLANNERY O'CONNOR

"I suicidi sono gli unici che conoscono il giorno e il luogo della loro morte."

Pensavo alle parole del Critico, mentre mia madre era in sala operatoria con il Mondano. Non solo i suicidi. Anche i malati terminali.

Ero stata nella via della clinica molti anni prima, perché Patrizia, la ragazza che mi dava ripetizioni di italiano, abitava lì: conoscevo la strada a memoria, le tre grandi curve che la disegnavano. Potevo vedere casa sua dalla stanza che ci avevano assegnato, la 38, in fondo al corridoio, al secondo piano. La luce entrava a tutte le ore e le serrande erano abbassate: i malati non amano la luce, il pulviscolo della vita, i malati preferiscono l'ombra, i toni soffusi.

L'intervento andò bene, non durò neanche un'ora, quando riportarono mia madre in camera era ancora sedata ma era tornata del suo colore e aveva il volto disteso, pulito. Il fatto che dormisse aveva il vantaggio di permettermi di piangere, di stare con lei in quel momento: era come vivere sott'acqua, a tempi alterni avevo bisogno di riemergere in superficie, sputare il dolore, rifiatare. Quando si svegliò disse che si sentiva incredibilmente meglio: anche se la schiena le doleva e le era risalita la febbre, finalmente lo stomaco non le dava più fastidio. Il Mondano passò nel tardo pomeriggio, camice bianco, sorriso brillante, passo svelto.

"Allora, come andiamo?" chiese serrando le mani sulla ringhiera in fondo al letto.

"Decisamente meglio, dottore..." cantò mia madre.

"Immagino. E che bel colorito!"

"Però devo dirle che sento ancora la febbre..."

"Ci diamo del tu?" propose lui gongolando.

"Certo, volentieri..."

Le piaceva, glielo leggevo negli occhi. L'aveva appena liberata da una pena, e poi lei aveva un debole per gli uomini alti, con gli occhi chiari, e per quella galanteria spicciola.

"Con la febbre dovrai convivere per un po'. Hai una pancreatite, è una malattia rognosa, devi avere pazienza. Pazienza e sangue freddo. Ti fidi di me?"

Mia madre abbassò gli occhi, sorrise, e lui fece lo stesso. Avevano appena sancito un patto mentre io, seduta nell'angolo della camera, rabbrividivo.

"Tachipirina e Be-Total *come se non ci fosse un domani*, intesi?"

"Sì," squillò lei. "Ho capito."

"Fantastico. Ripasso domani mattina. Se hai bisogno di andare in bagno chiama l'infermiera. Sei ancora debole e devi tenere la flebo per quarantott'ore."

"Okay."

"Bacio," disse lui, girando i tacchi e uscendo dalla stanza.

Quando la porta si richiuse, mia madre sussurrò: "Bell'uomo... Somiglia al nonno, vero?".

"Vero. Scusa un attimo, mamma."

Uscii nel corridoio e lo vidi fermo davanti all'ascensore. Affrettai il passo: "Ehi... Davvero pensa di curarla con la Tachipirina e il Be-Total?".

"Non la sto curando," replicò lui con la faccia di gesso. E sparì ingoiato dalle porte.

Rimasi senza fiato: avrei voluto ucciderlo, tremavo dalla rabbia.

*

Il telefono mi vibrava in tasca dalle prime ore del mattino, erano mio padre, mia zia, la cugina di mia madre e due amiche – una di vecchia data, l'altra del parco – che avevo chiamato la sera prima, e volevano notizie. Ero stata chiara e concisa nello spiegare la situazione, e avevo ripetuto a tutti quel tempo: venti giorni. Mi era entrato nella testa come un proiettile, la mia vita con mia madre ora seguiva un countdown preciso nel quale avevo un solo compito: tenere le redini di quei giorni, allietarli, proteggerla e accudirla. A tutto il resto avrei pensato dopo. La notizia delle sue condizioni si propagò per la città a macchia d'olio, ricevevo messaggi su messaggi di persone che volevano passare a salutarla; non rispondevo alle chiamate, non tolleravo la commozione e i pianti, più di tutto non sopportavo chi mi diceva che non era possibile, doveva pur esserci una soluzione. Mandai gli esiti della risonanza al Sant'Orsola di Bologna, al San Raffaele di Milano, all'MD Anderson Cancer Center di Houston, mi misi in contatto con uno dei più importanti oncologi italiani e con una dottoressa del Policlinico Umberto I: parlavo al telefono, resistevo. Manuela andò ad abitare in via Oglio con Lacana. Mia madre era ossessionata dalle condizioni di salute del suo animale.

"Voglio che tutte le sere passi a vedere se sta bene. Devi controllare la ferita, è importante che non si infetti..."

"Non ti preoccupare..."

"Magari, quando comincerò a sentirmi meglio, la potresti portare nel giardinetto della clinica, così la vedo..."

"Promesso."

I primi tre giorni tenni fede al proposito di far visita a Lacana tutti i giorni, poi smisi. Manuela era una certezza, ma aveva un difetto: era una cattolica fervente, credeva nei miracoli, nella carità e nella misericordia. Se da una parte era scrupolosissima con Lacana, dall'altra ogni volta che la vedevo insisteva sul potere della preghiera e della fiducia: non volevo forse provare a rivolgermi a padre Pio? Potevo andare a San Giovanni Rotondo a far benedire un oggetto – un fazzoletto, un golf, una coperta –, e poi metterlo sul letto di mia madre. Non riuscivo ad ascoltare le sue farneticazioni. Dio, in quella storia (in qualunque storia), non aveva spazio. Lottavo contro il tempo. Avevo altro a cui pensare, le persone da gestire, i referti, le richieste di mia madre: lo shampoo secco, una lista di regali di Natale per le persone cui teneva, asciugamani su asciugamani ("Mi raccomando, da Bassetti!"), perché quando la febbre scendeva sudava come se avesse fatto la sauna: allora la fasciavo dalla testa ai piedi, trovava ristoro nell'essere tamponata e chiedeva in continuazione spremute di mandarino, l'unica cosa che riuscisse a ingerire. Dimagriva a vista d'occhio.

"Non ce li ho tutti 'sti mandarini," tuonava la caposala.

Li compravo la mattina al mercato, oppure li portava mio padre. Dal primo giorno aveva preso posto su una sedia fuori dalla stanza, sedeva compìto, con un enorme cappotto nero doppio petto, delle volte un cappello di lana. Le mani in grembo. Piangeva. Da quando era andato via di casa, le volte in cui lui e mia madre si erano visti si contavano sulle dita di una mano: un pranzo finito a carte quarantotto, l'istanza di divorzio, la mia laurea, le volte che mi ero rotta il femore ed ero stata operata alla cistifellea. Poi, saluti di circostanza quando si passavano il testimone, la sottoscritta. Cosa piangeva mio padre? La madre di sua figlia? La sua ex moglie? La vertigine di un destino così severo?

“Non vuoi entrare?” gli chiesi il primo giorno che venne in clinica.

“No, e poi ho paura, se entro capisce che ha qualcosa di serio...”

Saperlo lì mi rassicurava, certe volte mi abbracciava quando uscivo a sfogare il dolore, altre rimaneva seduto. La stanza numero 38 era un luogo di assoluta astrazione, il tempio della menzogna. Chiunque entrasse indossava una maschera di cordialità e leggerezza, sorrisi, empatia, buonumore: tutto andava in frantumi nel corridoio, teatro dello strazio, dell'incredulità. I primi giorni mia madre resse bene le visite, poi cominciò a evitarle, era stremata dalle febbri, asciutta, pallida, esausta: scoprii, dalla ricrescita rada, che aveva i capelli completamente bianchi, come il sesso e le feci. Anche le macchie che vedevo sulla risonanza, la Tac, erano bianche: il tumore era bianco; l'avevo sempre immaginato scuro come la notte, invece aveva il colore delle nuvole e la stessa consistenza, abitava gli organi e finiva per esautorarli, levargli spazio, comprimendo, spingendo con la sua densità porosa. Era come l'aria, ogni giorno più satura, collosa. Tagliavo la città in due correndo, il tempo mi sfuggiva dalle mani, la frizione della mia macchina era rotta, dovevo tenerla sempre premuta oppure il motore si spegneva; fantasticavo che se l'auto si fosse fermata avrebbe significato che mia madre era morta, ero terrorizzata dall'idea di non essere accanto a lei, se fosse stata sola non me lo sarei mai perdonato. Avevo paura di allontanarmi anche per il tempo di andare al bar a mangiare un tramezzino, certe volte me lo portava mio padre, bussava e me lo consegnava. Il sesto giorno mi mise il panino in mano e annunciò: “Permesso...”.

Quando entrò nella camera le sorrise e lei fece altrettanto.

“Ciao...” disse lui con la voce impastata dalla commozione.

Pregai che riuscisse a contenerla. Mia madre si tirò su a fatica, lui le andò in soccorso, sistemò il cuscino dietro la testa, avvicinò la sedia al letto, si sedette e le fece una carezza sulla mano. Per la prima volta dopo anni le code dei miei genitori si mossero all'unisono, uomini e animali si somigliano.

Il capobranco era ancora lui.

"Hai un bel colorito..."

"Trovi?" Le brillarono gli occhi.

"E sei sempre biondissima." Gli tremarono gli occhi.

"Sempre..."

"Lo sai, amore..." Mio padre si era rivolto a me, che ero rimasta in piedi accanto alla finestra. "La prima volta che ho visto la mamma, eravamo al Jackie O', una discoteca, hai presente? È stato come vedere un angelo ballare, con questa montagna di capelli biondi che si agitavano... Mi sono innamorato all'istante..."

"Ci ha presentato un tipo. Com'è che si chiamava?"

"Giorgio," precisò mio padre, "è stato lui che ha combinato la cena al Bolognese, ti ricordi?"

"Sì, certo."

"Poi abbiamo cominciato a uscire una sera dietro l'altra, ma la mamma non si decideva a darmi un bacio..."

Lei aveva il volto soffuso di meraviglia.

"Allora senti che ho fatto," proseguì lui, "sono andato in piazza di Spagna, sotto la sartoria dove lavorava lei, e le ho mandato un mazzo di fiori con scritto: *Come faccio a dirti che ti amo?*"

"Un colpo da maestro..."

"Abbiamo continuato a uscire tutte le sere. Io avevo un cane che si chiamava..."

"Alice... E un Maggiolino..." precisò lei.

"È vero, avevo il Maggiolino."

"E non sai che bella casa aveva papà in via dei Serpenti."

"Senti che faceva la mamma, amore: veniva a cena, mangiava pochissimo e io le domandavo: 'Non ti piace...?'. Dopo un po' mi ha confessato che cenava prima con i nonni, sennò si arrabbiavano..."

"Vero..." confermò lei con un sorriso.

"Alle due di notte se ne andava, a ventisei anni suonati non aveva il permesso di dormire fuori..."

"I nonni erano severissimi." Mia madre inarcò un sopracciglio.

"Allora le ho detto: 'Sposiamoci, così resti a dormire'... Non potevo stare senza la mamma."

"È vero, ci siamo sposati per dormire insieme..."

La mamma? Il papà? Cosa?

Avevo una memoria frastagliata della mia prima infanzia, i ricordi riguardavano solo lei. C'erano loro al piano di sotto in camera da letto, loro attorno al tavolo nella sala da pranzo, loro che uscivano la sera. La memoria era muta, come una vecchia fotografia: due icone, trasferelli, i miei genitori. Non li avevo mai sentiti parlare del loro incontro, non li avevo mai visti baciarsi, sfiorarsi; le figure di mio padre e mia madre nascevano dentro di me nei giorni della separazione, invece il passato si vivificò nella camera della clinica, con loro. Si erano sposati per dormire insieme: significava che non potevano stare distanti, il loro amore somigliava a un'urgenza. Non ne sapevo nulla. Conoscevo solo i silenzi, gli occhi fissi altrove per non guardarsi. La comunicazione si era ridotta all'osso: nessuno dei due aveva pensato di salvaguardare l'affetto, di mitigare il risentimento, di aspettare che la rabbia sfiatasse per ricominciare a parlare. Una figlia non era stata un motivo sufficiente per tentare di ricucire. Non avevo avuto abbastanza peso nella loro storia, ma non ero arrabbiata per quello, era lo stato dei fatti.

Quel racconto fu incredibilmente inaspettato. Un raggio di luce nel momento più cupo delle nostre vite. Un attimo prima che lei se ne andasse, si erano svelati entrambi nello stesso fotogramma. Se non ci fosse stata di mezzo la morte, quel giorno non sarebbero stati accanto, non avrebbero sorriso e aperto il passato, allungando (insieme) il passo verso di me. Non avrei mai scoperto che mio padre e mia madre si erano amati davvero.

*

Mia zia veniva tutti i giorni, attraversava Villa Borghese a piedi, stremava il corpo ed entrava in scena nella stanza numero 38 verso l'ora di pranzo. Riempiva l'aria di polvere di stelle, le conversazioni divenivano evanescenti: capelli, vestiti, scarpe e paillettes, la tal festa, il tal pettegolezzo. Di tre anni maggiore di mia madre, avevano passato la vita a battibeccare, discutevano e si rappacificavano come due amanti furiosi; la sorella era decisamente più forte, volitiva, narcisista, accentratrice, mia madre la subiva e (segretamente) la idolatrava. In quei giorni i ruoli si ribaltarono: mia zia, che era sempre su di giri e gestiva male le emozioni, sembrava pronta a incassare tutto, apparentemente docile e affranta, mansueta. Io non l'avevo mai sopportata, detestavo ogni sua iperbole, non subivo il suo fascino, mi urtava quell'aria da felino in continua lotta per il primato, soprattutto in casa: la sorella, la figlia, la madre venivano sciabolate tutte dalle sue zampate barbare, dal suo umore altalenante. Ci giravamo al largo consapevoli di avere in comune solo mia madre e mia cugina, per il resto eravamo due estranee imbavagliate dalla parentela. Mi domandavo quanto pesasse la condanna a morte sul comportamento di mia zia, mi chiedevo – se mia madre avesse davvero avuto "soltanto" una pancreatite – se sua sorella le sarebbe stata così vicina, e in modo così amorevole: supina, arresa, disposta a farsi mettere i piedi in testa (seppur momentaneamente) dalla minore, che qualche volta ne approfittava.

"Faccio venire il mio massaggiatore? È un maaago..." miagolava la primogenita.

"Sì, a maneggiare la tua cellulite," le faceva eco mia madre.

Mia zia sorrideva, cambiava argomento, rievocava (anche lei) il passato. Poi c'erano sua figlia e una loro cugina: placide, quiete, rassicuranti. Quando il gineceo si riuniva nella camera, tiravo un sospiro di sollievo, uscivo, lasciavo andare il mio lamento, mi addormentavo nel corridoio. L'undicesimo giorno venni svegliata dallo squillo del cellulare, avevo scordato di silenziarlo. Feci per spegnerlo, intontita dal torpore, quando lessi il nome del Fisico.

"Come stai?" gli chiesi, impreparata.

"Da povero vecchio." Cristo santo!

"Beato te."

"La devo vedere, dille che la devo vedere." Aveva la voce asciutta e spaventata.

"Va bene, glielo dico."

"Hai capito, sì? La devo vedere..."

"Ho capito."

Probabilmente ero rimasta suggestionata dalla visita di mio padre, dalla mansuetudine di mia zia, dal calore delle amiche, ma l'entrata in scena del Fisico mi sembrava una nota positiva. Come tutti noi, sarebbe planato con delicatezza nella corte dei miracoli riunita attorno a quel letto di ospedale. L'uscita di scena di mia madre significava una ronda di commiati felici. Non assumersi la responsabilità della propria morte, non chiedere, prostrava tutti in una posizione di gaiezza: nessuno strazio, solo una presenza lieta, un saluto rosa. *Arrivederci amore ciao... Guardo le nuvole lassù... E quando andrò / devi sorridermi se puoi. / Non sarà facile, ma sai / si muore un po' per poter vivere.* L'esistenza di mia madre mi appariva di una coerenza assoluta, eppure una parte di me recalcitrava al pensiero della farsa: avrei voluto mollare gli ormeggi e piangere con lei al buio, invece di sorridere un giorno dopo l'altro mentre il fine vita bussava alla porta e lei spariva ingoiata in un letto a manovella.

"Mi ha chiamato il Fisico," le dissi.

Spalancò gli occhi, divenuti immensi nel dimagrimento abissale. Era come abbagliata, sembrava che l'avesse visto, non sentito nominare. La bocca era smunta sotto quegli zigomi che anni prima il silicone aveva riempito e ora parevano di polistirolo.

"Che ha detto?" ci mise un po' per chiedere.

"Vuole venire a trovarti... Ci tiene moltissimo."

Lo immaginai entrare nella stanza, avvicinare la sedia e mettersi lì, dove si era sistemato mio padre, baciarla. Come nelle fiabe. Pensai alla sua voce melliflua, alle dita piccole e forti, alle carezze che avrebbe potuto farle. Al calore. Forse anche lei immaginò la stessa scena, ma il pudore per il suo corpo ebbe la meglio. Il pudore, la malattia e la speranza.

"Ringrazialo," sospirò. "Digli che lo vedrò volentieri, quando mi sentirò meglio..."

"Diglielo tu."

"No, tu..." mi rispose, abbandonando la testa sul cuscino.

"Va bene," acconsentii, ma non ero d'accordo. Perché dovevo farlo io? Perché aveva messo la sua intera esistenza nelle mie mani?

"Al Jazeera..." sussurrò.

"Cosa?"

"Sento nella testa questa parola, Al Jazeera, Al Jazeera. È un tormento... Tu non la senti?"

"No."

"E ogni tanto vedo delle cose che non sono sicura ci siano..."

"Tipo?"

"Un nugolo di formiche. E Lacana, la vedo scodinzolare nella stanza, ha ancora tutta la coda. Ma forse è solo perché mi manca. Come sta?"

"Bene."

Non era vero niente. Lacana non si reggeva in piedi, aveva delle aderenze interne e un ascesso. Su mia richiesta Manuela la portava dal veterinario, mi disse due volte che aveva suggerito di abbatterla.

"Dove le vedi le formiche?"

"Attorno a te..." rispose chiudendo gli occhi.

Dopo un paio d'ore intercettai il Mondano nel corridoio: passava tutte le mattine, spolverava i suoi saluti charmant, parlava del tempo ("Freschetto oggi, eh?"), girava i tacchi.

"Mia madre vede delle formiche," lo informai.

"È il fegato, te l'avevo detto..."

"È normale, quindi?"

"Sì."

"Quanto manca?"

"Poco."

Continuavo a chiedermi se sarebbe stato meglio un incidente, o un infarto, oppure una lunga malattia alla quale abituarsi. Quella situazione mi pareva ingestibile, *la menzogna* non mi dava pace. Quasi ogni notte facevo lo stesso sogno: vedevo mia madre nel macchinario della risonanza, ero lì accanto quando un medico mi si avvicinava e mi comunicava che aveva venti giorni di vita; i luoghi cambiavano, il dottore in ogni sogno aveva una fisionomia diversa, ma il finale era sempre lo stesso. Lei mi guardava e mi diceva: "Sono malata, devo morire...".

"Allora lo sai?" le chiedevo.

"Sì."

Provavo un benessere indicibile nel sapere che era consapevole. Era un sogno lieto dal quale riaffioravo libera, poi ritornavo nella realtà e, mettendo il primo piede in terra, sentivo la bugia dilagare sulla crosta terrestre, pensavo di non avere le forze per continuare a fingere. Un'ora dopo l'altra, cercavo uno spiraglio per sputare fuori la verità. Da un certo punto in poi avevo cambiato atteggiamento, volevo parlare.

Avevo accantonato l'indulgenza. Passavo ore vicino a lei con le parole che pizzicavano sulla punta della lingua, decodificavo ogni sua espressione, cercavo di capire se fosse cosciente della messinscena. Fino al sedicesimo giorno.

Stavo tornando verso casa, erano le dieci di sera, dovevo farmi una doccia. L'avevo lasciata con mia cugina che le massaggiava le gambe, la circolazione sanguigna stava andando a farsi benedire: la pallina argentea del flipper batteva impazzita sugli organi mandandoli in frantumi, uno dopo l'altro, mentre lei si assopiva nel letto con il peso di una foglia secca. Sapevo che si sarebbe addormentata da lì a poco quando, all'altezza di piazza Verbano, mollai distrattamente la frizione e la macchina si spense. Provai a rimetterla in moto, ma niente. Rimasi dieci minuti sgomenta a cercare di farla ripartire, poi scesi e cominciai a correre a perdifiato verso la clinica. Il motore fermo era un monito preciso. Non c'era più tempo. Attraversai quello che era stato il quartiere della mia primissima infanzia, passai davanti alla casa di via Nemorense, il piccolo parco, tirai dritto e mi inerpicai per la via della clinica; quando arrivai, le porte automatiche erano chiuse. Bussai sul vetro, la struttura era addormentata in una luce bassa e angelicata. Mi attaccai al campanello e poi presi a pugni le ante. Un'infermiera mi venne incontro con il viso addormentato: "Che c'è?" mi chiese.

"Aprimi, aprimi!" piangevo.

"Che è successo?"

"Devo andare da mia madre..."

"Non si può, è tardi."

"Apri questa cazzo di porta!"

La persuasi con la disperazione, salii correndo le scale, giurai a me stessa che se l'avessi trovata viva avrei detto tutto. Non potevo convivere con quella bugia, il rimpianto avrebbe consumato il futuro. Quando aprii la porta la vidi con il capo reclinato a destra, la luce del comodino baluginava nella stanza. Mi avvicinai piano, in cerca del suo respiro. Il petto si muoveva sotto il lenzuolo bianco. Schiuse appena le palpebre, tirò fuori il braccio, tese la mano: "Che fai, piangi?".

"Sì."

"Perché?" Mi portò a sé e mi baciò la fronte, odorava di iodio, shampoo secco e Gentalyn Beta. "Sei stanca," disse, "siediti."

Lo feci. Avvicinai la poltroncina, misi la testa sulla sua pancia e chiusi gli occhi.

"Dobbiamo avere pazienza," mi disse. "Ancora un po'. Poi usciremo di qui, torneremo a vivere... E sai cosa faremo? Andremo a Parigi, ci faremo prestare la casa da *papà*, voglio andare al mercato delle pulci, al Louvre, a Saint-Germain-des-Prés... Magari ci portiamo anche Lacana. Ci pensi? Io, te, Lacana a passeggiare sul Lungosenna? Questa malattia mi ha insegnato una cosa, non bisogna rinunciare a nulla..."

"Sì."

"Niente più vacanze all'Argentario, niente più risparmi... Mi voglio comprare una Bmw station wagon e una vestaglia di cachemire, e sai cosa voglio regalare a te...?"

"Cosa?"

"Un vestito di lino con i ricami d'oro che ho visto prima di ammalarmi... costa una fortuna..."

"Mamma..."

"Piangi, amore, sennò la volta dopo piangi il doppio."

Mise la mano sinistra sulla mia guancia e mi carezzò, le dita leggere sul mio viso, poi libere nei capelli. *Le mani di mia madre.*

Continuò a parlare dei suoi desideri, delle cose che avremmo fatto, mentre ogni tanto diceva "Al Jazeera": aveva un tono soffuso, sembrava in uno stato di grazia. Rimasi ad ascoltarla. Dopo la paura, la corsa, l'impotenza, trovai pace, cullata dalla sua voce. Mi addormentai senza accorgermene, seduta con la testa sul suo ventre, a un soffio dal suo tumore. Mi addormentai sulla mia prima casa.

*

Morire non è facile.

Il giorno di Natale, il cielo di Roma era come un quarzo: pulito, terso e cristallino. Mia madre era precipitata in una voragine di incoscienza dalla quale riaffiorava di tanto in tanto, dicendo il mio nome senza sosta. Eravamo tutti intorno a lei. Mia zia le mise una perla al collo, mia cugina rimase accanto a me tutto il tempo, mio padre era in corridoio, sua cugina Stefania faceva avanti e indietro. C'era anche Garbato, nonostante la festività. Il Mondano arrivò alle tre, dopo il pranzo. L'avevo chiamato al mattino pregandolo di venire, lo strazio non era più sopportabile. Elegantissimo, con il suo sorriso cordiale sempre in agguato e la cravatta allentata, si fece strada tra i presenti sussurrando qualche augurio, poi caricò di morfina la flebo di mia madre. Due dosi massicce. Avrei dovuto chiedere di procedere prima. Avevo sbagliato i tempi. Non riuscivo a lasciarla andare. Gli ultimi giorni erano stati nel silenzio e nell'oblio, ma il giorno della Vigilia il corpo si era rotto inderogabilmente. Non ero pronta: potessi tornare indietro agirei diversamente.

La morfina agì subito su quegli organi così compromessi, il corpo si abbandonò e i respiri si fecero sempre più distanti e sempre più profondi. La cassa toracica sembrava spezzarsi. Lo scheletro scomporsi.

Morire non è facile.

Mi sdraiai accanto a lei e aspettai la fine. Ma quando il respiro cessò uscii dal letto. Guardai le sue mani e gliele baciai: avevano disegnato il mio mondo, mi avevano insegnato, accudita, rimproverata, sorretta. Le sue mani che fumavano, cucinavano, battevano sui tasti, strette tra le cosce, nei capelli (i suoi, i miei), sul volante. Le sue mani eleganti, le unghie con le lunule alte, l'indice destro biondo di nicotina, l'anello sottile all'anulare. Le sue mani ferme. Le sue mani immobili. Le sue mani vuote. Scivolai via dalla stanza 38.

Ci pensò sua cugina a vestirla; rimasi nel corridoio, prenotai la camera ardente, chiamai le pompe funebri che arrivarono in un lampo, due cristiani che sembravano le controfigure della Banda Bassotti, muniti di un catalogo plastificato. Casse: pino, abete, frassino, ciliegio. Poi le urne, centinaia di vasetti: giada, legno, pietra, squadrate, allungate, tonde, *matrimoniali*. Mi girava la testa, vedendo sbucare dall'ascensore molte persone; la notizia della morte era volata velocissima per la città, si era diffusa come un comunicato stampa. All'improvviso, la clinica si riempì di un fiume di gente. "Occhio che ti pelano," mi sussurrò mia cugina nell'orecchio, intanto con il dito cercavo di indicare una bara, un'urna. Non finiva mai, il Postalmarket dell'aldilà. Quando finalmente ebbi scelto, uscii dalla clinica. Cercavo l'aria, il freddo. La morte aveva silenziato la sensazione della gravità, l'appartenenza alla Terra, non riuscivo neanche a sentire le braccia.

Affondai i piedi nel ghiaino e telefonai al Fisico, non gli chiesi come stava. "Puoi venire, domani," annunciai. "Porta una rosa, e chiudi la bara, io non ci sarò."

"Va bene," rispose, "va bene."

La mia richiesta inseguiva il lieto fine di una favola nera, non riuscivo ad arrendermi al pensiero che non si sarebbero rivisti. Il Fisico era laico e dolcemente insensibile, avrebbe baciato la fronte liscia di mia madre, senza ragionare sull'anima, sul respiro. Loro si erano agganciati con i corpi e i loro corpi si sarebbero salutati.

"Ti accompagno in una chiesa, organizziamo il funerale..."

La voce di mio padre mi colse alle spalle, il suo pragmatismo apriva la strada della fuga, volevo andare via dalla clinica. Dagli abbracci. Dal dolore degli altri, come se il mio fosse supremo e per questo privato. Ero congelata. Andammo in via Giulia, nella chiesa degli animali, San Giovanni Battista dei Fiorentini. Una basilica cinquecentesca con un timpano svettante e un'enorme navata centrale, gelata e piena di candele accese. Ci ricevette il parroco, con in mano un taccuino di pelle, si appuntò qualcosa per la predica, voleva delle informazioni. Riassunse: cattolica, amante dei cani, bella, madre esemplare, strappata prematuramente alla vita per entrare nel Regno dei cieli, amen. Mio padre gli diede dei soldi (dei soldi?), mentre io, confusa, uscivo sulle scale. L'avrei cremata, l'avrei portata sulla spiaggia dell'Arenella, all'isola del Giglio, dove faceva il bagno da ragazza, al tempo in cui la vita le sorrideva. Quel tempo che tutti rivangavano: com'era spensierata e giocosa, ironica, sensazionalmente splendida, *Tua madre chi se la dimentica, come le somigli.* Mio padre mi portò a casa, la città era deserta, in piazza Venezia il grande abete gettava spore di luce sui sampietrini, che brillavano come bulloni argentati, la gente era chiusa nelle case: le buste della spazzatura piene delle carte strappate, i bambini incantati dai giocattoli, i tappeti imbiancati dallo zucchero a velo, montagne di sciarpe cadevano sulle spalle di persone sconosciute, era l'ora del mercante in fiera, dei fichi secchi e degli spicci sul tavolo. Il Natale non sarebbe mai tornato, quello era l'ultimo della mia vita.

"Sei stata brava," mi disse mio padre lasciandomi davanti al portone.

Sei stata brava significava moltissime cose, mi rimase nella testa, diversamente dalle centinaia di parole che trovai incise sulla *mia* segreteria telefonica, illuminata da una spia rossa nello studio. Non accesi neanche la luce, rimasi con il cappotto, spinsi il tasto play e ascoltai un susseguirsi improvviso di lamenti rotti e condoglianze. Persone che non conoscevo, prossime, insospettabili, lontanissime. Persone che sbucavano dal passato con una parola d'amore. Piangevano, sospiravano. Il mondo si divideva in chi conosceva il lutto e chi ne era felicemente all'oscuro: questi ultimi erano imbavagliati in un commiato spaurito, educato. Rimasi ad ascoltare le voci nella scatola, l'ultima era quella di Manuela: "Ciao, sono io, sono a casa, ho saputo. Mi dispiace tantissimo. Chiama quando vuoi, sono qui".

Manuela, Lacana... Per la prima volta dopo anni desiderai abbracciare il cane, sentii lo stesso sentimento dei primi giorni, quando apparteneva solo a me, prima che prendesse il mio posto accanto a mia madre, infiammando la mia gelosia. Era lei la mia piccola eredità, la traccia lasciata da mia madre nel mondo. Il pensiero di Lacana mi diede una scossa, il senso di colpa per averla dimenticata, la voglia furiosa di recuperarla, portarla da me, sul mio letto, restare accucciata accanto al *suo*, di respiro.

Mi infilai in macchina. Arrivata davanti al villino di mia madre, vidi la luce accesa in cucina. Solo un mese prima quella scena mi sarebbe sembrata normale. La sua casa illuminata da dentro. La sua presenza. Invece ora apparteneva all'inverosimile. La sua morte era uscita dalla stanza 38, era passata per una chiesa e aveva camminato fino a via Oglio. Il mondo piano piano si sarebbe riempito della sua assenza, ogni luogo sarebbe stato occupato da un vuoto. Rimasi in macchina a contemplare il villino. Poi mi mossi. Salii i tre gradini e tirai fuori le chiavi, ma mi fermai davanti alla porta, come se quel posto non fosse più mio. Suonai il campanello. Manuela arrivò subito, sembrava mi aspettasse con le mani sulla maniglia: i capelli scintillanti raccolti in un mollettone, la faccia pallida, il labbro bruciato da un herpes.

"Sei tu..." disse sull'attenti.

"Perdonami, perdonami... Avevo completamente perso il senso del tempo."

Restò ferma e si mise a piangere, con le braccia lungo i fianchi. La pena mi faceva rabbrividire. Volevo solo il cane e tornarmene a casa. Bere del whisky, stordirmi, dormire. Aprì le braccia e mi strinse a sé, il suo petto sul mio, la sua guancia bagnata, aveva il respiro spezzato dal dolore. Volevo sgusciare via da ogni tipo di abbraccio, non ero pronta per alcun contatto.

"Dov'è Lacana?" domandai, sbirciando nell'ingresso. Mi sembrava impossibile che non si fosse trascinata davanti alla porta.

Manuela era disorientata, si voltò verso il salone. Andò indietro con un passo, infilò le mani in tasca e le sue spalle si fecero piccole. La croce che portava al collo riverberò sotto il lampadario. "È morta stamattina, all'alba," dichiarò sommessamente. "Si è addormentata insieme alla tua mamma in questo giorno speciale." Fece un sorriso, un'espressione rotonda, evangelica. Come se morire lo stesso giorno fosse un meraviglioso disegno del destino.

27 dicembre 2001

Mia cara,
ho letto oggi della prematura scomparsa di sua madre. La abbraccio con grande affetto e le ricordo che sono sempre qui.
Sua
Bianca Garufi

Via Nemorense 33
1976

Di' tutta la verità ma dilla obliqua.

EMILY DICKINSON

Cosa resta nella memoria?

Nella memoria di un bambino: un evento speciale, un giorno diverso, un fatto emozionante. Il mio primo ricordo è agganciato a un'avventura, affiora con i dettagli, i particolari: per esempio, l'albicocco davanti alla mia stanza, i rami saldi, i frutti acerbi, la primavera che scintillava con i suoi profumi sensazionali; la stanza era grande, piena di bambole, un attaccapanni a forma di giraffa, un piccolo armadio laccato di rosso. Mia madre era seduta sul tappeto, le gambe di lato, vestiva le Barbie mentre Petulia dormiva sul letto: una cucciola di Cavalier King Charles Spaniel bianca e marrone dal pelo lungo e soffice, la coda sempre lieta, una cagnolina da salotto che era la nostra gioia e il nostro vanto. All'epoca quella razza in Italia era una rarità, i cani della regina Vittoria erano ancora confinati in Gran Bretagna.

"Facciamo un picnic!" disse. "Pizza bianca, prosciutto e Coca-Cola, ti va?"

Il suo entusiasmo era contagioso, a soli cinque anni sentivo la sua vitalità che infiammava la vita. Scendemmo al piano di sotto, dove c'era la loro camera da letto, il pavimento di cocco pizzicava sotto le piante dei piedi, ci infilammo nella stanza degli specchi, la mia preferita: un closet ovoidale in cui erano appesi tutti i suoi abiti, le scarpe allineate sulle mensole, una toilette di specchio sommerso da spazzole, rossetti, rimmel, ombretti. La sera si preparava lì, in reggiseno e mutande, tirava una riga di eyeliner sugli occhi, si spazzolava a testa in giù e poi sceglieva un vestito dalla stampella; osservare mia madre prepararsi per uscire la sera era il momento più bello della giornata. L'odore di cipria mi scendeva nei polmoni come un balsamo, imparavo ogni gesto nella speranza un giorno di poterlo ripetere, di diventare come lei, la mia fantasmagorica mamma bionda.

Mentre indossava una maglietta a righe bianca e azzurra, misi il mio cerchietto di panno verde tempestato di margherite. Lei mi infilò le scarpe (ortopediche), Petulia intanto ruotava sul posto, felice di uscire. Mia madre acciuffò il suo K-Way bianco, il guinzaglio e il portafogli, e andammo alla macchina, parcheggiata in giardino. Abitavamo in una villetta indipendente circondata dal verde, una casa con le scale, e fiori e frutti sugli alberi. La casa di mamma e papà. Salimmo sulla Mini 90, quella scatoletta blu che ci conteneva tutte e tre, io e Petulia sul sedile posteriore, lei alla guida, i finestrini abbassati; sarà stato mezzogiorno, il sole brillava nel cielo sgombro, era l'ora del picnic. A quei tempi le giornate ruotavano docilmente attorno a me, a quei tempi il ruolo di madre e moglie le calzava a pennello. Mi lasciò davanti al negozio di alimentari facendosi promettere che non mi sarei mossa, la vidi entrare e aspettai che uscisse. Dopo cinque minuti tornò con una busta di carta un po' unta, l'odore della pizza riempì la macchina, avevo l'acquolina in bocca; anche Petulia emise un guaito di giubilo, si alzò a sedere sul sedile.

"È ancora calda!" gongolò mia madre.

Rimise in moto e s'infilò in una stradina, Villa Ada era vicinissima. Rallentò per dare tempo a una signora di attraversare le strisce pedonali: era anziana, portava al guinzaglio un vecchio cocker e al braccio aveva una grande borsa con i manici di osso. Un motorino ci superò da destra, lo guidava un ragazzino secco, piantato sulla sella come un guerriero; con una manovra da battaglia, ruotò attorno alla donna e in un soffio le scippò la borsa. L'anziana gridò, mentre il cocker terrorizzato la trascinava dall'altra parte della strada, e mia madre ingranò la prima, sussurrando a denti stretti: "Ma tu guarda che figlio di puttana!". Il ladro era partito velocissimo, in picchiata, sulla strada in discesa, e la mia intrepida mamma decise che non poteva lasciarselo scappare.

"Amore, tieniti forte!"

Afferrai la maniglia in alto e Petulia si schiacciò in terra, sembrava avesse capito anche lei. Il ladro filava come una scheggia, il palmo di mia madre batteva a ripetizione sul clacson della Mini 90. Il quartiere Trieste rimase sospeso e immobile ad assistere alla scena di uno scippatore tallonato da una trentenne indemoniata, una bambina elettrizzata, un cane spaventato a morte. Filammo fino a piazza Istria, poi fu la volta di viale Libia; le macchine, i pedoni, gli autobus ci lasciavano spazio come fossimo un'ambulanza, il ragazzo guidava con il busto piegato in avanti e si voltava di continuo, nella speranza di essersi liberato di noi. Rimase sulle arterie principali, non ebbe la prontezza di imboccare un contromano, tirava dritto e ogni tanto sbandava, rischiando di cadere. Ero incantata dalla tenacia di mia madre, era la prima volta che un evento del genere scuoteva la nostra routine, ritmata dai pranzi, le cene, i pisolini, l'asilo, le bambole e il Carosello. Sentivo l'adrenalina friggermi dentro mentre lei si avvicinava sempre più al ladro e i capelli le svolazzavano sul collo. Il cuore mi batteva di orgoglio, ebbi la sensazione di aver appena conosciuto un'altra madre, che in un secondo aveva messo a soqquadro la città, che imprecava e palpitava alla guida. Quella che seguiva l'istinto.

"Eccoli, cazzo, finalmente!" esultò.

Due pattuglie della polizia apparvero in fondo alla strada, avevano le sirene spiegate e le palette fuori dal finestrino. Braccarono il ladro, che si vide la strada tagliata di netto. Lei inchiodò, tirò il freno a mano e si voltò verso di me, la fronte leggermente sudata, il sorriso incantato: "L'abbiamo preso, l'abbiamo preso!".

"Sì," esultai.

"Ricordati che i cattivi la pagano sempre, eh!"

Scese dalla Mini e abbassò il sedile per farmi passare, alcuni poliziotti si avvicinarono mentre gli altri avevano bloccato il ladro contro il cofano: le mani dietro la schiena, come nei film. Mia madre mi tenne accanto a lei, eravamo strette sul posto come due pedine, come una squadra. Quindi mi prese per mano e con passo teso ci avvicinammo ai poliziotti.

"Signora, che tigna. Dove voleva arriva', a Ostia?"

"Anche all'Antartico!" rispose lei.

"Che tigna, ma anche che imprudente... C'era una bambina in macchina!" commentò l'altro, scendendo dall'auto. "Potevate farvi male."

Lei lo guardava disinvolta.

"Mi servono i suoi dati," disse risoluto il poliziotto buono tirando fuori una cartellina dalla macchina. Mia madre se ne stava ritta in piedi con le mani nelle tasche dei jeans a zampa d'elefante. Aveva occhi solo per quello incoraggiante dei due.

"Allora. Lei è la signora...?"

Disse il suo nome e poi aggiunse: "Sono soprattutto la mamma di Federica...". Mi posò la mano sulla spalla. Il cordone era invisibile, lievissimo, eppure ci teneva agganciate.

Il poliziotto buono si abbassò alla mia altezza per dirmi con una strizzata d'occhio: "Forte tua madre, eh!". Mi sembrò immensa: come aveva affrontato l'imprevisto, come si sdilinquivano al suo cospetto gli uomini in divisa, come riempiva l'aria con la sua presenza luminosa. Lei li salutò ridendo e ci rimettemmo in macchina. Guidò con il braccio indietro, toccava il mio ginocchio. Non mi lasciava mai.

Risalimmo verso Villa Ada, entrammo dalla Salaria attraverso una vecchia porta accanto a un galoppatoio. Eravamo eccitate, sgomente per l'inseguimento, inebriate dall'esito. Mia madre si sedette su un prato, Petulia corse verso il laghetto su cui si rifletteva il cielo pulito. Tirò fuori il sacchetto di carta e mangiammo affondando i denti nella pizza col prosciutto. Un sapore inebriante, perfetto. Poi stirò le braccia in alto e si lasciò cadere nell'erba fresca e vellutata.

"Che giornata, mamma!"

"La vita è una meravigliosa avventura..."

Petulia tornò scodinzolando e lei allungò la mano per coccolarla, la cagnolina si rotolò sulla schiena, poi le si mise accanto e prese la forma del suo corpo, puntò il muso sotto un'ascella e sfiatò la corsa.

Mia madre, aprendo gli occhi, disse: "Però, Federica, teniamocela per noi questa storia, non raccontiamola a nessuno...".

A nessuno? Neanche a papà? Avrebbe pensato che inseguire uno scippatore a cento all'ora con una bambina in macchina era un atto sconsiderato, come aveva suggerito il poliziotto cattivo? L'avrebbe giudicata? Rimproverata? Avrebbero finito per litigare?

Non feci domande, le sue parole vibrarono nell'aria come un testamento. Rimanemmo sdraiate sotto l'azzurro, le gambe divaricate, le braccia allungate. Lei tese la mano verso di me, io l'afferrai per sancire un patto che sarebbe durato in eterno, dalla vita alla morte; eravamo come due stelle simbiotiche stese sul prato. La vidi sorridere mentre imparavo il nostro primo comandamento: l'omissione. La verità era immersa in zone d'ombra e luce. Era solo un punto di vista incrinato, ampio e sopportabile. La verità, in fondo, non esiste.

Nota dell'autrice

Ho impiegato quasi vent'anni per scrivere questo libro. I miei ricordi si sono modificati nel corso del tempo. Questo romanzo non è che la mia personale e soggettiva ricostruzione di un pezzo di vita. Ho ereditato il mio punto di vista da parte di madre: dunque ho omesso, taciuto, mitizzato. Più di tutto, sono stata ancora accanto a lei.

Indice

PARTE PRIMA

15 Via Guido Banti 34
1985-1986

59 Via del Pellegrino 75
1978-1981

91 Via Guido Banti 34
1986

125 Via Guido Banti 34
1987-1991
(secondo appartamento)

PARTE SECONDA

177 Via Oglio 10
2001

201 Novembre-dicembre 2001
20 giorni

221 Via Nemorense 33
1976

227 *Nota dell'autrice*